공부가 되는
셰익스피어 4대 비극

〈공부가 되는〉 시리즈 ⑭

공부가 되는
셰익스피어 4대 비극

초판 1쇄 발행 2011년 12월 5일
초판 12쇄 발행 2020년 1월 13일

원작 윌리엄 셰익스피어
엮음 글공작소

펴낸이 이상순   **주간** 서인찬   **편집장** 박윤주   **제작이사** 이상광
기획편집 박월, 김한솔, 최은정, 이주미, 이세원   **디자인** 유영준, 이민정
마케팅홍보 이병구, 신희용, 김경민   **경영지원** 고은정

펴낸곳 (주)도서출판 아름다운사람들
주소 (10881) 경기도 파주시 회동길 103
대표전화 (031)8074-0082   **팩스** (031)955-1083
이메일 books777@naver.com   **홈페이지** www.books114.net

ⓒ2011, 글공작소
ISBN 978-89-6513-116-8 63840
ISBN 978-89-6513-118-2 (세트)

공부가 되는
셰익스피어 4대 비극

원작 윌리엄 셰익스피어 | **엮음** 글공작소 | **추천** 오양환 (前 하버드대 교수)

아름다운사람들

공부가 되는
셰익스피어 4대 비극

윌리엄 셰익스피어의 초상화

아이들이
『공부가 되는 셰익스피어 4대 비극』을
읽으면 좋은 이유

1 스티브 잡스의 상상력의 원천, 셰익스피어

"엄청난 독서를 하느라 너무 많은 시간을 허비한다."

이 말은 아이폰과 아이패드 등을 잇달아 시장에 내놓으며 지구촌 디지털 시대를 이끈 스티브 잡스의 초등학교 성적표에 나온 선생님의 평가 중 일부분입니다. 이처럼 스티브 잡스는 다른 것은 몰라도 어려서부터 독서량만큼은 엄청났다고 합니다. 지금도 스티브 잡스는 많은 양의 책을 읽을 뿐만 아니라 그중에서도 특히 셰익스피어 문학을 가장 중요하게 여기고 새로운 영감을 얻는 원천으로 삼고 있다고 합니다. 이처럼 셰익스피어 문학은 상상력의 영감을 필요로 하는 사람에게는 피해 갈 수 없는 필독서이자 시대와 국경, 분야를 막론하고 상상력과 창의력을 불어넣는 원천이라 할 수 있습니다.

2 불멸의 고전, 셰익스피어 문학

고전 문학은 당대를 대표하면서도 후대 사람들에게 모범이 될 만한 가치를 지닌 문학 작품을 말합니다. 특히 세계의 다양한 고전 가운데서도 셰익스피어의 작품은 시대와 인종과 언어를 초월하여 가장 넓게 읽히고 있는 서양의 대표 고전입니다.

뛰어난 이야기성과 천재적 상상력의 절묘한 결합, 인간에 대한 깊고 세밀한 통찰력, 인간의 한계를 뛰어넘었다고 평가되는 다양하고 탁월한 어휘력 등 셰익스피어 문학의 가치는 인류의 가장 위대한 유산 중 하나로 평가받고 있습니다. 그의 작품 중 특히 4대 비극과 5대 희극은 셰익스피어 문학의 백미를 맛볼 수 있는 작품이자 우리 아이들이 반드시 읽어야 할 필독서입니다.

3 셰익스피어 문학의 백미, 4대 비극과 5대 희극

셰익스피어의 많은 작품 중 가장 많은 사랑을 받으면서도 완성도가 높다고 평가되는 것이 4대 비극과 5대 희극입니다. 4대 비극인 「햄릿」, 「리어왕」, 「오셀로」, 「맥베스」는 고대 문학의 틀을 뛰어넘어 인간의 선택과 성격, 분노, 질투 등 인간 자신의 욕망과 한계에 의해 초래되는 비극을 그리고 있고 5대 희극인 「베니스의 상인」, 「말괄량이 길들이기」, 「뜻대로 하세요」, 「한여름 밤의 꿈」, 「십이야」는 사랑과 이별, 우정 등 남녀와 인간 사이에서 벌어지는 다양한 감정과 오해, 진실과 거짓들을 유쾌하고 유머러스하게 그려 내면서도 늘 인간 삶의 본질에 대해 묻고 있습니다.

4 공부의 즐거움을 깨치는 〈공부가 되는〉 시리즈

〈공부가 되는〉 시리즈는 공부라면 지겹게만 여기는 우리 아이들에게 "아, 공부가 이렇게 즐거운 것이구나!" 하는 것을 깨쳐 주면서 아울러 궁금한 것이 많은 우리 아이들의 지적 호기심도 동시에 해결해 주는 시리즈입니다. 공부의 맛과 재미는 탄탄한 기초 교양의 주춧돌 위에 세워질 때 그 효과가 배가됩니다. 그리고 그 기초 교양은 우리 아이들이 학습에서 자기 주도적 능력을 내는 데 큰 밑거름이 됩니다. 『공부가 되는 셰익스피어 4대 비극』은 서양의 가장 대표 고전으로 깊은 감동과 울림을 주며 상상력과 창의력의 원천이 될 것입니다. 부디 우리 아이들이 『공부가 되는 셰익스피어 4대 비극』을 통하여 지적 감수성을 높이고 앞서 가는 상상력의 소유자가 되기를 바랍니다.

햄릿

"사느냐, 죽느냐 그것이 문제로다.
가혹한 운명을 그대로 받아들이느냐,
아니면 물리쳐야 하는가."

엘시노 성에서 보초를 서던 보초병들은 심장이 얼어붙을 정도의 혹독한 추위 때문에 부들부들 떨고 있었어요.

"그래, 도대체 유령이 어디 있는가?"

갑자기 들려온 호레이쇼의 목소리 때문에 보초병들은 깜짝 놀라고 말았어요. 보초병들의 놀란 모습에 호레이쇼가 웃음을 터뜨리며 말했어요.

"나일세. 뭘 그렇게 놀라는 건가?"

"어이쿠, 호레이쇼 자네였군. 몰라서 묻는 겐가? 유령이 나타난 줄 알았다고. 그나저나 자네는 왜 여기에 온 거야?"

그러자 다른 보초병이 대답했어요.

"호레이쇼가 하도 우리 말을 믿지 않기에 한번 와 보라 했네. 자꾸 우리가 헛것을 봤다고 하잖아. 분명 두 번이나 끔찍한 유령을 보았는데도 말이야."

호레이쇼는 고개를 저으며 말했어요.

"쯧쯧, 말도 안 되는 이야기지. 어떻게 유령이 나타날 수 있단 말인가."

"기다려 보게. 곧 자네도 볼 수 있을 거야. 그때 가서 기절하지나 말라고."

그때, 열두 시를 알리는 종소리가 울렸어요. 그러자 보초병 한 명이 호레이쇼에게 조그맣게 말했어요.

"쉿, 이제 나타날 거야. 어젯밤에도 북극성 서쪽에 있던 저 별이 반짝일 때 나타났다고."

바로 그때였어요. 보초병이 성곽 쪽을 가리키며 짧게 외쳤어요.

"저길 봐, 유령이 나타났어."

그 말이 떨어지자마자 호레이쇼는 성곽 쪽을 바라보았어요. 정말로 보초병들이 가리킨 곳에는 갑옷을 입은 유령이 서 있었어요. 보초병들이 부들부들 떨며 말했어요.

"유령이야. 유령이 나타났어!"

거짓말인 줄 알았던 호레이쇼도 눈을 비비고 유령을 다시 쳐다보았어요. 그런데 유령의 모습이 낯익었어요. 찬찬히 유령을 보던 호레이쇼는 깜짝 놀랐어요. 유령의 모습이 죽은 선왕의 모습과 똑같았기 때문이에요. 호레이쇼는 놀란 가슴을 진정시키고 유령을 향해 외쳤어요.

"도대체 너는 누구기에 무엄하게도 돌아가신 선왕의 갑옷을 입고 나타난 것이냐!"

그런데 호레이쇼가 외치자마자 유령은 사라지고 말았어요.

유령이 사라지자 맥이 풀린 호레이쇼는 그대로 주저앉았어요. 옆에 있던 보초병이 새하얗게 질린 표정으로 말했어요.

"봐, 우리들 말이 맞지? 이래도 우리가 거짓말을 했다고 우길 거야?"

호레이쇼는 고개를 저었어요.

"아닐세. 분명 그 유령은 선왕의 모습을 하고 있었어. 어떻게 이런 일이 있을 수가 있는 거지?"

"노르웨이 왕과 대결을 벌이셨을 때의 바로 그 모습이야."

보초병은 여전히 두려움에 떨면서 말했어요.

"어제도 저 갑옷을 입고 우리 앞을 지나가셨어. 호레이쇼, 학자인 자네가 그 이유를 한번 설명해 봐."

호레이쇼가 말끝을 흐리며 대답했어요.

"글쎄……. 돌아가신 선왕이 노르웨이 왕과 싸우던 갑옷을 입고 나타났으니 다시 전쟁이 일어난다는 예언이 아닌가 싶네."

「햄릿」의 배경이 영국이 아니라 덴마크인 이유?

아버지를 독살한 숙부에게 왕위와 어머니를 빼앗긴 슬픈 왕자의 복수를 다룬 줄거리는 13세기 초 덴마크로부터 전해 내려온 전설이에요. 이것을 영국에서는 토머스 키드라는 작가가 「원 햄릿」이란 이름으로 각색해 편찬한 것으로 알려지고 있으나 지금은 전하지 않고 있어요. 셰익스피어는 당시 유행했던 복수 비극의 내용이 담긴 「원 햄릿」을 참고로 「햄릿」을 썼기 때문에 작품의 배경을 덴마크로 하고 있어요.

외젠 들라크루아, 〈햄릿 아버지의 유령을 보다〉

그런데 그때였어요. 번쩍이는 금빛 갑옷을 입은 유령이 다시 나타났어요. 호레이쇼도 이번만큼은 당당하게 앞으로 나와 말했어요.

"당신이 정말 우리의 왕이셨다면 아무 말씀이라도 해 보십시오. 혹시 나라에 좋지 않은 일이 생기는 것인지, 아니면 다른 이유가 있어서인지 말씀해 주십시오."

이에 선왕의 유령도 입을 열며 무엇인가를 말하려고 하였어요. 그런데 저 멀리서 닭의 울음소리가 들려왔어요. 해가 뜨고 날이 밝아오자 유령은 또 사라지고 말았어요.

호레이쇼가 말했어요.

"자네들도 봤는가? 분명 말을 하려고 했었어. 하필 닭이 그때 울다니."

보초병들이 고개를 끄덕였어요. 호레이쇼는 잔뜩 흥분해서 말했어요.

"이건 보통 일이 아니야. 아까 본 일을 햄릿 왕자님께 말하고 오겠네."

호레이쇼는 재빨리 망루에서 내려갔어요.

마침 그날은 선왕의 동생인 클로디어스가 죽은 형의 뒤를 이어 덴마크의 왕이 되는 날이었어요.

회의실에는 클로디어스 왕과 거트루드 왕비 그리고 폴로니어스를 비롯한 대신들이 있었어요. 또한 상복을 입은 햄릿도 있었어요. 많은 사람들이 모인 가운데 클로디어스 왕은 단상 위에 서서 큰 소리로 말했어요.

"덴마크의 위대한 왕이셨던 선왕이 돌아가신 뒤로 모든 백성들이 슬픔에 잠겨 있소. 짐 또한 동생으로서 어찌 슬프지 않겠소? 하지만 짐은 동생이기 전에 덴마크의 왕이오. 짐에게 더 중요한 것은 선왕인 형의 죽음을 슬퍼하는 것보다 나라를 다스리는 일이지. 그래서 짐은 선왕의 뜻을 이어받는 의미에서 한때 형수였던 거트루드를 새 왕비로 맞이한 것이오. 이제 짐은 오직 덴마크를 잘 다스리는 일에만 신경을 쓸 것이오.

오늘 회의를 갖는 목적도 바로 포틴브라스 2세에 관한 것이오. 노르웨이 왕은 포틴브라스 2세의 숙부로, 노쇠하여 계속 병석에 누워 있었기 때문에 아직 조카의 야심을 잘 모르는 것 같소. 노르웨이 왕의 조카 포틴브라스 2세는 선왕이 돌아가신 걸 알고 우리 덴마크가 망할 줄 아는 모양이오. 그자는 사신을 보내 제 아비가 우리 선왕께 빼앗겼던 영토를 돌려주라고 재촉하고 있소.

이 칙서는 그 젊은 녀석이 왕의 백성을 마음대로 모아서 군사를 조직하는 불상사가 일어나지 않도록 노르웨이 왕께서 잘 단속해 달라는 내용이오. 이 칙서를 전달할 사신으로 코닐리어스 경과 볼티먼드 경을 임명하겠소. 그대들은 노르웨이로 가서 그곳 왕에게 포틴브라스 2세의 야심과 우리 덴마크의 힘이 여전하다는 것을 알리시오. 이제 경들은 신하로서 충성과 의무를 다해 주길 바라오."

클로디어스 왕이 말을 마치자 신하들이 일제히 박수를 쳤어요. 클로디어스 왕은 만족스러운 표정으로 신하들을 둘러보다가 우울한 표정으로 서 있는 햄릿을 보고 물었어요.

"이제는 내 아들이 된 햄릿아, 너는 아직도 슬픔에 빠져 있는 것 같

노르웨이 왕자, 포틴브라스 2세

포틴브라스 2세는 노르웨이의 왕자예요. 이 작품에서 노르웨이와 덴마크는 그리 사이가 좋지 않은 적국으로 나와요. 노르웨이와 덴마크의 전쟁에서 노르웨이의 왕이자 포틴브라스 2세의 아버지는 덴마크의 왕이자 햄릿의 아버지에게 죽임을 당하고 많은 영토를 빼앗겼어요. 그렇게 노르웨이 왕이 죽자 다음 노르웨이 왕은 포틴브라스 2세의 숙부에게 돌아갔어요. 그 후 노르웨이 왕이 늙어 병상에 누워 있을 때, 덴마크의 선왕인 햄릿의 아버지가 죽자 이 혼란을 틈타 포틴브라스 2세가 덴마크에게 빼앗겼던 영토를 되찾고자 덴마크에 사신을 보내 영토를 반환하라고 요구했어요. 즉, 「햄릿」은 노르웨이 왕자 포틴브라스 2세가 덴마크를 침입하려는 급박한 상황을 배경으로 하고 있어요. 이에 덴마크 왕은 전쟁 준비를 하는 한편, 포틴브라스 2세가 백성을 모아 대군을 조직하는 것을 막기 위해 신하를 노르웨이로 보내게 돼요.

구나."

햄릿은 고개를 숙이며 말했어요.

"아닙니다."

왕비가 걱정스러운 얼굴로 말했어요.

"햄릿, 이제 그 상복을 벗어도 되지 않겠니? 언제까지 돌아가신 아버님만 생각하며 살 수는 없지 않느냐."

"저는 남들이 저를 어떻게 보든 상관없습니다. 그저 제 슬픔을 표현할 수 있는 방법이 단지 상복을 입는 것밖에 없다는 것이 안타까울 뿐입니다."

햄릿이 왕비의 눈을 바라보며 말하자 왕이 다가와 말했어요.

"돌아가신 아버지를 그리워하는 것은 분명 자식으로서의 도리이지. 그러나 모든 인간은 죽음을 피할 수 없으니, 일정 기간만 애도하면 될 뿐이다. 햄릿아, 이제부터 나의 충신이자 조카이자 아들로서 나의 기쁨과 위안이 되어 다오."

"이 어미도 부탁한다. 햄릿, 제발 내 곁에 있어 다오."

왕비는 여전히 불안한 눈으로 햄릿을 바라보았어요. 햄릿은 하는 수 없이 마음에도 없는 대답을 했어요.

"분부대로 하겠습니다."

이윽고 왕과 왕비를 비롯한 모든 대신들이 회의실에서 나가고, 햄릿만이 혼자 남았어요. 햄릿은 자살을 금지하는 계율만 없었다면 자신의 육체를 던져 버려 죽음을 택하고 싶을 정도로 괴로웠어요. 더할 나위 없이 훌륭했던 아버지의 죽음도 충격이었지만 아버지가 죽은 지 채 한 달도 되지 않아 다른 남자와 결혼한 어머니를 이해할 수 없었어요. 햄릿은 한숨을 내쉬며 중얼거렸어요.

"약한 자여, 그대 이름은 여자니라! 아버지의 상여를 따라갔을 때 신은 신발이 닳기도 전에 숙부의 품에 안기다니!"

그때 햄릿의 절친한 친구인 호레이쇼가 회의실로 들어왔어요. 호레이쇼를 보자 햄릿의 얼굴이 밝아졌어요.

"왕자님, 왕자님의 미천한 신하가 찾아뵙습니다."

"미천하다니, 무슨 소리인가. 자네는 나의 절친한 친구이지 않나."

햄릿은 호레이쇼의 손을 잡아 주었어요. 그러고는 의아한 표정으로 물었어요.

"그런데 자네가 무슨 일로 이곳에 왔는가?"

"실은 선왕의 장례식에 참석하러 왔습니다."

호레이쇼의 말을 듣고 햄릿은 고통스럽게 말을 내뱉었어요.

"아! 그러다가 어머니의 결혼식까지 보게 되었단 말이지? 하늘에 계신 아버지께서 이 일을 아신다면 뭐라고 하실까?"

호레이쇼는 눈치를 살피며 조심스럽게 말했어요.

"왕자님, 사실은 어젯밤에 선왕을 뵈었습니다."

"뭐? 아버님을 보았다고?"

햄릿이 흥분하며 묻자 호레이쇼는 지난밤 겪었던 일을 털어놓으면서 선왕을 꼭 닮은 유령을 보았다고 말했어요. 햄릿은 두근거리는 심장을 억누르며 말했어요.

"그래, 그곳이 어딘가?"

"보초병들이 보초를 서는 망루입니다."

"갑옷을 입고 있었다고? 정말로 선왕이 맞는가?"

"네, 분명합니다. 살아 계실 때와 너무 똑같아서 놀랄 지경이었습니다. 다만 그 표정이 너무 슬퍼 보이셨습니다."

"이건 예삿일이 아니야. 그렇다면 오늘 밤에는 나도 보초를 서겠네. 설령 지옥에서 온 사자가 아버님의 모습을 하고 있다 해도 두려워하지 않을 것이네."

햄릿은 다짐한 듯 굳게 말했어요.

한편, 폴로니어스의 아들 레어티스는 유학길에 오를 채비를 하고 있었어요. 하지만 막상 떠나려니 하나뿐인 누이동생 오필리아가 걱정되었어요.

"오필리아, 떠나기 전에 꼭 일러둘 말이 있단다."

오필리아는 반짝이는 눈망울로 레어티스를 바라보았어요.

"햄릿 왕자님이 너에게 관심을 보이는 모양인데 그건 한순간의 바람과도 같은 거니 진지하게 생각하지 마라. 일찍 피는 꽃은 일찍 진다는 것을 잊지 마."

"오라버니, 햄릿 왕자님도 그러실까요?"

레어티스는 다시 한 번 강조하였어요.

「햄릿」은 너무 길지 않은가?

"「햄릿」은 너무 길지 않은가?"란 질문은 영국의 최고 명문대 옥스퍼드 대학의 영문학과 입학 면접시험에 나온 질문이에요. 여러분이라면 어떤 대답을 했을까요? 실제로 「햄릿」은 셰익스피어가 쓴 희곡 중 가장 긴 희곡이에요. 이것을 그대로 공연으로 옮기면 네 시간이 훨씬 넘는다고 해요. 보통 우리가 보는 연극이나 영화가 두 시간이 넘지 않는 것에 비하면 긴 분량이지요. 하지만 그 긴 길이에도 불구하고 「햄릿」은 인류가 쓴 최고의 문학 작품으로 꼽히고 있어요. 이처럼 「햄릿」은 긴 분량으로도 어떤 짧은 작품보다 더 높은 집중력과 완성도를 가질 수 있다고 생각한 인류 역사상 가장 실력 있고 뛰어난 극작가, 셰익스피어의 또 다른 자신감의 표현이 아니었을까요?

"물론 햄릿 왕자님의 마음이 지금은 진실이실지도 모르지. 하지만 그분의 지위가 한 나라의 왕자인 만큼 보통 사람들처럼 자신의 뜻대로 배우자를 고를 수는 없을 거다. 그러니 너도 조심하거라. 오필리아, 정숙한 처녀는 달님의 앞에서조차 속살을 드러내지 않는 법이지. 항상 조심하고 또 조심하거라."

어느새 오필리아의 눈망울이 촉촉해졌어요.

"명심할게요."

"그럼 몸조심해라. 나는 이제 그만 가 봐야겠구나."

그때 아버지인 폴로니어스가 방으로 들어왔어요. 레어티스는 동생의 손을 놓고는 아버지를 향해 무릎을 꿇었어요. 폴로니어스도 아들의 머리에 손을 얹고 멀리 떠나는 아들을 축복해 주었어요.

"자, 레어티스. 이제 서둘러 배에 오르거라."

폴로니어스의 재촉에 레어티스는 아버지께 다시 한 번 고개를 숙여 인사를 한 뒤 동생을 꼭 끌어안았어요. 오필리아는 그런 오빠를 안심시켜 주고 싶었어요.

"오빠가 한 말은 이 가슴속에 간직하고 있을게요. 누구에게든지 함부로 제 마음을 주지 않겠어요. 내 마음은 자물쇠로 단단히 잠갔으니 열쇠는 오빠가 가져가세요."

레어티스는 의젓한 모습을 보이는 동생을 향해 고개를 끄덕인 뒤 방을 나갔어요. 폴로니어스는 그 모습을 보고 갸우뚱하며 오필리아에게 물었어요.

"레어티스가 너에게 햄릿 왕자에 관한 이야기를 물던? 말이 나왔으니 말이다. 요새 소문에 따르면 왕자님과 단둘이 시간을 많이 보낸다는 말이 있던데 사실이냐?"

햄릿을 연기하는
에드윈 부스(1870년)

오필리아가 고개를 끄덕이며 대답했어요.

"예, 아버지. 실은 왕자님께서 저에게 여러 번 사랑을 고백하셨어요."

"맙소사, 고백을? 그래, 설마 그 고백을 진짜로 믿는 것은 아니겠지?"

오필리아는 아무 말도 할 수 없었어요. 폴로니어스는 머리를 짚으며 탄식했어요.

"이제 보니 그 말을 진심인 줄 알고 믿는 모양이구나!"

"아버지, 그분은 진심으로 저를 사랑한다고 하셨어요."

"왕자님이 너에게 친절히 대한다고 해서 넘어가면 절대 안 돼. 그런 맹세는 나중에 다 깨지게 되어 있다. 다시 한 번 분명히 말하는데, 이제부터는 절대로 햄릿 왕자를 만나지 말거라. 알겠지?"

아버지의 명령에 오필리아는 고개만 아래로 떨어뜨렸어요.

그날 밤 햄릿은 호레이쇼 일행과 함께 성벽 망루로 올라갔

헨리 퓨젤리, 〈햄릿과 선왕의 유령〉

어요. 밤공기는 살을 도려내는 것처럼 느껴질 정도로 추웠어
요. 성 안쪽에서는 나팔 소리와 대포 소리가 요란하게 울렸어
요. 그 소리를 듣고 호레이쇼가 햄릿에게 물었어요.

"대관식 날은 저렇게 시끌벅적한 잔치판을 벌이는 게 왕가
의 관습입니까?"

햄릿이 대답했어요.

"그래, 하지만 저런 관습은 깨뜨리는 것이 훨씬 나아. 아무리

훌륭한 업적을 이루었다 해도 저런 행동에 누가 존경심을 나타
내겠나? 세상 사람들이 우릴 비웃을 거야."

그때 열두 시를 알리는 종소리가 들렸고, 곧이어 호레이쇼가
외쳤어요.

"왕자님, 저기 보십시오. 유령이 나타났습니다!"

햄릿은 눈을 크게 뜨고 호레이쇼가 가리키는 쪽을 보았어
요. 과연 선왕의 모습이었어요.

"천사들이여, 저를 보호하소서."

햄릿은 작게 중얼거린 후 천천히 앞으로 나아가 물었어요.

"그대는 천사입니까, 악마입니까? 덴마크의 왕이시여, 이미
죽어 땅속에 묻힌 당신이 어떻게 수의를 벗고 나타난 것입니
까? 우리 앞에 나타난 이유가 무엇입니까?"

햄릿은 떨리는 음성으로 물었어요. 유령은 슬픈 눈으로 그
를 지켜보다가 손을 들어 햄릿에게 따라오라는 손짓을 하였어
요. 그러자 호레이쇼와 보초병들이 햄릿을 막아섰어요.

"왕자님, 따라가시면 안 됩니다."

"이제 와서 내가 무엇이 두렵겠느냐? 난 따라갈 테니 말리지
말거라."

그러자 호레이쇼가 걱정스러운 듯 말했어요.

"왕자님, 이성을 찾으십시오. 저 유령이 왕자님을 바다나 낭떠러지로 끌고 가면 어쩌려고 그러십니까?"

"운명이 나를 부르고 있어. 내 온몸이 그것을 느끼고 있네. 만일 나를 방해한다면 모두 죽이겠다. 비켜라!"

햄릿이 검을 빼들자 호레이쇼도 물러설 수밖에 없었어요. 햄릿은 검을 들고 유령의 뒤를 따랐고 유령은 성문 밖으로 나갔어요. 유령은 아무 말 없이 한참을 앞장서 갔고 불안해진 햄릿이 소리쳐 물었어요.

"어디로 데려가는 겁니까? 말하지 않으면 더 이상 따라가지 않겠습니다."

그러자 유령이 천천히 돌아서서 말했어요.

"잘 들어라. 나는 네 아비의 혼령이다. 하지만 이제는 절대적인 권력을 휘두르던 왕이 아니라, 밤에만 이렇게 돌아다닐 수 있는 유령이지. 그러다 낮이 되면 생전에 저지른 죄를 시뻘건 불길 속에서 태우는 신세란다. 햄릿아, 네가 이 아비를 사랑했다면 살인자에게 복수를 하여 이 아비의 원수를 갚아다오."

햄릿은 유령이 하는 말에 놀라 되물었어요.

"살인을 당하셨다고요?"

"사람들은 내가 정원에서 잠을 자다 독사에 물려 죽은 줄 알고 있지만 사실은 암살을 당한 것이다. 네 숙부가 몰래 내 귓속에 살을 썩게 하는 독을 부었던 것이란다."

유령의 말에 햄릿은 그동안 품었던 의심이 확실해졌어요.

"역시 숙부가 그랬군요."

"그렇단다. 네 숙부는 그렇게 나를 죽이고 왕의 자리를 차지했으며 네 어머니까지 유혹했단다. 햄릿아, 아비의 복수를 해 다오. 단, 아무리 화가 나더라도 어머니를 해치지는 말거라. 아아, 벌써 이별의 시간이 다가왔구나. 햄릿아, 나를 잊지 말아 다오."

유령은 곧 어둠과 함께 사라졌고 햄릿은 그 자리에 힘없이 무릎을 꿇었어요. 햄릿은 한동안 그 자리에서

영국이 낳은 세계적인 작가, 셰익스피어

셰익스피어는 영문학 사상 가장 위대한 시인이자 극작가로 평해져요. 오늘날까지도 셰익스피어의 희곡만큼 세계 여러 나라에서 널리 공연되는 작품은 없으며 셰익스피어가 살았던 당시, 동료 극작가 벤 존슨은 셰익스피어를 일컬어 "한 시대가 아닌 앞으로도 계속될 만대를 위한 작가"라고 말했어요. 놀라운 상상력을 통해 인간의 마음과 행동을 넓고 깊게 꿰뚫어 보는 통찰력 그리고 풍부한 언어의 구사 등은 동서고금을 막론하고 그를 따를 사람이 없다고 평해져요. 영국의 역사가 토머스 칼라일은 자신의 책에서 "셰익스피어는 인도와도 바꿀 수 없다"고 말했어요. 그만큼 위대한 작가라는 뜻이에요. 이처럼 셰익스피어는 영국이 세계에 자랑하는 가장 위대한 문화유산이자 세계적인 대문호로 꼽혀요.

헨리 퓨젤리의 〈햄릿과 유령〉을 로버트 슈가 동판화로 제작한 작품

일어나지 못했어요. 한참 후 햄릿은 비장한 얼굴로 검자루에 손을 얹고 맹세했어요.

"아버지, 하늘과 땅의 신들께 맹세합니다. 제 기억 속에 당신이 남아 있는 한 절대로 잊지 않고 복수를 하겠습니다."

그때 호레이쇼가 햄릿을 발견하고 다가와 근심 가득한 얼굴로 물었어요.

"왕자님, 괜찮으십니까? 도대체 어떻게 된 일입니까? 유령이 뭐라 하였습니까?"

햄릿은 고개를 저었어요.

"말할 수 없네. 이 일은 새어 나가면 절대 안 되는 일이네. 다만 자네가 본 것은 바로 선왕의 혼령이었다네. 이 이상은 알려 줄 수가 없어. 미안하네."

햄릿의 말에 호레이쇼는 알겠다는 듯 고개를 끄덕이고 더이상 아무것도 묻지 않았어요. 햄릿은 호레이쇼의 손을 잡으며 단호한 표정으로 말했어요.

"이해해 주니 고맙네. 그리고 오늘 밤에 있었던 일은 아무에게도 말하지 말게. 맹세할 수 있겠나?"

그때 어디선가 유령의 목소리가 들려왔어요.

"맹세하라!"

호레이쇼는 벌벌 떨면서도 검 손잡이에 손을 얹고 외쳤어요.

"왕자님, 맹세하겠습니다."

햄릿도 그의 손을 잡고는 그의 굳은 다짐을 확인했어요.

"고맙네. 그리고 앞으로 내가 미친 행동을 하더라도 오늘 일을 말해서는 안 되네. 언젠가는 자네의 우정에 보답할 수 있는 날이 올 것이야."

햄릿은 말을 마치자 곧바로 성 쪽으로 몸을 돌렸어요.

어느 날, 오필리아가 폴로니어스에게 황급히 달려와 바르르 떨며 말했어요.

"아버지, 무서워 죽을 것 같아요."

"대체 무슨 일이냐?"

"제가 방에서 바느질을 하고 있는데 햄릿 왕자님께서 뛰어들어 오셨지 뭐예요. 앞가슴은 풀어헤치고 모자도 쓰지 않은 채 말이에요. 양말도 발목까지 흘러내린 상태였고, 안색은 아주 창백했어요. 얼마나 슬픈 표정을 짓고 계셨는지 보시지 않고서는 몰라요."

오필리아는 다시 한 번 몸을 떨었어요. 폴로니어스는 딸이 걱정되어 물었어요.

"이상한 짓은 하지 않았느냐?"

"한참이나 제 얼굴을 들여다보셨어요. 그러다 나중엔 제 팔을 가볍게 흔들더니 고개를 끄덕끄덕하시는 거예요. 그리곤 한숨을 내쉬는데 무척이나 괴로워 보이셨어요."

"오필리아, 너 요즘 햄릿 왕자님에게 차갑게 대했느냐?"

"저는 그저 아버지 말씀대로 편지를 모두 돌려보내고, 다시는 찾아오지 말라고 했을 뿐이에요."

폴로니어스는 그제야 이해가 간다는 듯이 고개를 끄덕였

어요.

"그래서 실성하신 것 같구나. 내가 실수를 한 모양이야. 너를 향한 햄릿 왕자님의 사랑이 일시적인 것은 아니었던 게야."

폴로니어스는 햄릿 왕자가 오필리아 때문에 실성했다고 굳게 믿고 이 사실을 국왕께 알려야겠다고 생각했어요. 폴로니어스는 급히 말을 타고 성으로 향했어요.

마침 클로디어스 왕은 왕비와 함께 햄릿의 어릴 적 친구였던 로즌크랜츠와 길든스턴을 맞이하고 있었어요. 햄릿의 이상한 행동을 고치기 위해 왕비의 청으로 햄릿의 어릴 적 친구들을 불러들인 것이었어요. 하지만 왕의 진짜 목적은 햄릿의 치료

보다 햄릿이 무슨 꿍꿍이를 갖고 그런 행동을 하는지 알아보려는 것이었어요. 왕은 애써 걱정스런 표정으로 햄릿의 어릴 적

햄릿형 인간과 돈키호테형 인간

인간의 성격을 '햄릿형'과 '돈키호테형'으로 구별한 작가는 러시아의 소설가 투르게네프에요. 그는 『햄릿과 돈키호테』라는 에세이를 통해 사색형 인간 햄릿과 행동형 인간 돈키호테로 인간의 성격을 나누었어요. 아버지의 억울한 죽음을 알면서 원수를 바로 갚지 않고 '사느냐, 죽느냐 그것이 문제로다' 하며 고뇌하는 햄릿처럼 햄릿형 인간은 너무 많은 생각으로 인해 정작 행동해야 할 때는 주저하게 되는 사색형 인간으로 현대의 행동력 없는 지식인을 가리키는 말이에요. 반면에 어처구니없는 실수를 연발하지만 의욕과 투지를 굽히지 않고 넘치는 정의감으로 밀어붙이는 시골 무사 돈키호테처럼 돈키호테형 인간은 이것저것 따지지 않고 옳다고 믿는 일이라면 생각보다는 행동을 먼저 하는 행동형 인간을 가리켜요.

연극 〈햄릿〉 포스터(1883년 미국)

친구들에게 부탁했어요.

"햄릿이 갑자기 아버지를 여읜 탓에 딴사람이 되었네. 부디 이 성에 머물면서 왕자의 친구가 되어 주고, 또 그 애의 고민이 무엇인지 알아보기 바라오."

로즌크랜츠와 길든스턴이 물러나자 뒤이어 폴로니어스가 들어섰어요. 폴로니어스는 조심스럽게 말을 꺼냈어요.

"폐하, 최근에 햄릿 왕자님께서 왜 이상한 행동을 하시는지 그 원인을 알아냈습니다."

"그래, 그 원인이 무엇이오? 어서 말해 보시오."

왕이 매우 반가워하며 답을 재촉했어요. 폴로니어스는 왕에게 한 걸음 더 다가가 말했어요.

"분명한 것은 왕자님이 미치셨다는 것입니다. 그리고 모든 일에는 이유가 있듯이 왕자님이 그렇게 되신 데에도 이유가 있습니다."

폴로니어스는 옷 속에서 몇 장의 편지를 꺼내 들었어요.

"폐하, 신에게 딸이 하나 있습니다. 그 딸아이가 왕자님께 받은 편지입니다."

그리고는 편지 중의 하나를 펼쳐 들고 큰 소리로 읽기 시작했어요.

"천사 같은 내 영혼의 우상이며 가장 아름다운 오필리아에게. 밤하늘의 별빛을 의심하고 하늘의 태양을 의심하더라도 부디 그대를 향한 내 사랑만은 의심하지 마시오. 내 목숨처럼 사랑하는 나의 오필리아."

폴로니어스는 읽고 있던 편지에서 눈을 떼고 왕과 왕비를 바라보았어요. 왕이 물었어요.

"그래서 오필리아도 햄릿의 사랑을 받아 주었소?"

"먼저 폐하께서는 신을 어떻게 생각하십니까?"

"그야 물론 정직하고 충성스러운 신하라고 생각하오."

"그렇다면 이번 일에 대해서는 어떻게 생각하십니까? 신은 딸아이에게 분명히 말했습니다. 햄릿 왕자님은 하늘의 별과 같은 분이시니 너와는 절대 이뤄질 수가 없다고 말입니다. 딸아이는 물론 이 아비의 말을 그대로 따랐습니다. 그런데 딸에

존 윌리엄 워터하우스, 〈오필리아〉

게 거절당한 왕자님께서 몹시 슬퍼하시더니 점점 쇠약해지셨습니다. 그러고는 아예 정신까지 놓아 버린 것입니다."

폴로니어스는 마치 의사가 진단을 내리듯 분명하게 말했어요. 그러나 왕은 이해하지 못하겠다는 얼굴로 왕비를 쳐다보았어요. 왕비 역시 미심쩍은 듯 고개를 갸우뚱했어요. 미덥지 못하다는 표정의 왕과 왕비 앞에서 폴로니어스는 자신만만하게 말했어요.

"제 말을 증명할 수 있는 증거를 보여 드리겠습니다."

"아니, 경이 그걸 어떻게 보여 줄 것인가?"

"아시다시피 왕자님은 가끔 이 복도를 몇 시간씩 왔다 갔다 합니다. 기다렸다가 제 딸아이를 불러낼 것이니 한번 보십시오. 왕자님께서 딸아이 때문에 미친 것이라는 걸 보여 드리겠습니다."

폴로니어스는 다시 한 번 자신감을 나타냈어요. 왕과 왕비도 고개를 끄덕이며 동의했어요. 그때 햄릿이 책을 읽으며 나타났어요. 햄릿은 손에 책을 든 채 세 사람의 앞을 천천히 걷기 시작했지요.

"마침 왕자님이 오시는군요. 모두들 자리를 피해 주십시오. 우선 제가 직접 만나 뵙겠습니다."

폴로니어스는 햄릿 앞으로 가서 큰 소리로 말했어요.

"아, 왕자님. 안녕하십니까? 오늘 기분은 어떠십니까?"

햄릿은 책에서 눈을 떼고 무뚝뚝하게 대답했어요.

"덕분에 아주 좋다네."

"저를 아시겠습니까?"

"물론이지. 자네는 생선 장수가 아닌가? 참, 자네에게 딸이 있지?"

"그렇습니다."

"요즘 햇빛이 좋다고 밖으로 나다니게 하지 마시오. 행여 나쁜 일이라도 생기면 큰일이 아니오."

햄릿은 다시 얼굴을 책에 묻었다가 갑자기 미친 듯이 떠들어 댔어요. 폴로니어스는 햄릿이 자신의 딸 타령을 하고 있다고 생각하며 밖으로 물러났어요.

폴로니어스가 물러가고 햄릿은 다시 책에 얼굴을 묻고 복도를 걸었어요. 그때 마침 로즌크랜츠와 길든스턴이 나타났어요.

햄릿은 책을 덮으며 외쳤어요.

"이게 누군가! 그래, 그동안 잘들 지냈나?"

햄릿이 묻자, 로즌크랜츠가 대답했어요.

"그럭저럭 잘 지내고 있습니다."

"그것 참 다행이군. 그런데 도대체 자네들이 무슨 잘못을 저질렀기에 이런 감옥에 들어오게 되었나?"

햄릿의 말에 길든스턴이 놀라며 물었어요.

"감옥이라뇨?"

햄릿은 한숨을 내쉬며 대답했어요.

"덴마크라는 감옥 말이네. 자네들은 아무렇지도 않은 모양이군. 하지만 나에게 덴마크는 감옥일세."

고전 문학이란?

고전 문학은 옛 시대에 쓰인 문학 작품을 가리키는 말로 예로부터 전해 내려오는 가치 있고 훌륭한 문학을 말해요. 이러한 고전 문학들은 옛 시대의 상황과 사상이 고스란히 드러나 있어요. 또한 당시 시대 상황을 엿볼 수 있어 고전 문학은 더욱 가치가 있어요. 물론 셰익스피어의 작품들 역시 지금까지 남아 있는 훌륭한 고전 문학 중 하나예요. 한편 오늘날 우리가 살고 있는 우리 시대에 이루어진 문학을 일컬어 현대 문학이라고 해요.

"저희들은 그렇게 생각하지 않습니다. 다만 왕자님의 꿈을 담기에는 이 나라가 너무 좁은 것 같습니다."

"천만에! 나는 아무리 감옥 속에 갇혀 있어도 우주의 왕일세. 다만 나를 괴롭히는 고약한 꿈만 꾸지 않는다면 말이지."

"왕자님이 꿈을 꾸시는 이유는 야망 때문입니다. 야망은 꿈의 그림자이니까요."

"아니야. 꿈은 한낱 그림자에 지나지 않는 것일세. 그런데 자

제임스 노스코트, 〈햄릿 역의 마스터 베티〉

네들은 무엇 때문에 이곳까지 왔는가? 사실대로 말하는 것이 좋을걸세. 왕과 왕비께서 자네들을 불러들여 내가 미친 이유를 알아보라고 시켰겠지?"

로즌크랜츠와 길든스턴은 어떻게 대답해야 좋을지 참으로 난처해했어요. 한참 고민하던 로즌크랜츠와 길든스턴은 사실대로 고백했어요.

"실은 폐하께서 불러서 온 것입니다."

순간 햄릿이 얼굴을 찡그리자 옆에 있던 로즌크랜츠가 재빨리 분위기를 바꾸기 위해 다른 이야기를 꺼냈어요.

"저희가 여기 오는 길에 왕자님께 연극을 보여 드리려고 이곳으로 오는 배우들을 만났습니다."

햄릿은 매우 반가워하며 물었어요.

"배우들이라고? 배우들이라면 대환영일세. 그래, 그들은 어디에서 온 배우들이라고 하던가?"

"왕자님께서 좋아하시는 도시의 비극 전문 배우들입니다."

"그런가? 그런데 왜 그들은 돌아다니며 연극을 하고 있단 말인가? 한곳에서 머물며 공연하는 편이 돈벌이가 될 텐데 말일세. 그나저나 여전히 인기가 높은가?"

"예전 같지 못하다고 합니다."

"어째서? 연극이 재미없어졌나?"

"요즘은 어린 배우들이 나와서 꽥꽥 소리를 치는 게 유행이라 그렇습니다."

"허어, 그게 정말인가? 하기야 이상할 것도 없네. 선왕이 살아 계셨을 때는 숙부의 욕을 하던 자들이 이제는 서로 숙부의 초상화를 사 아부를 떠느라 정신없는 세상이니 말일세."

그때 배우들이 도착했다는 나팔 소리가 울렸어요. 햄릿은 배우들을 발견하고는 반갑게 인사했고 배우들은 햄릿에게 정중히 인사했어요.

"왕자님, 어떤 것을 공연할까요?"

"혹시 「곤자곤의 살인」을 공연할 수 있겠나?"

"물론입니다."

배우들이 대답하자 햄릿은 씩 웃으며 말했어요.

"그럼 내일 밤 그 연극을 공연해 주게. 참, 내가 열대여섯 줄 정도의 대사를 직접 썼다네. 그 대사를 공연 중간에 끼워 넣어 주게."

햄릿은 선왕의 원수를 갚을 생각뿐이었어요. 그리고 증거를 잡기 위해 배우들에게 연극을 시키기로 했어요. 아버지를 죽인 내용과 비슷한 이야기로 연극을 꾸며 숙부의 표정을 살펴보기로 계획한 것이었어요.

왕과 왕비는 로즌크랜츠과 길든스턴을 만나서 햄릿의 상태를 물었어요.

"햄릿이 왜 미친 척하면서 허구한 날 소란을 피우는지 알아냈소?"

길든스턴이 대답했어요.

"왕자님께서도 자신이 이상하다는 것을 인정하고 계셨으나 그 원인에 대해서는 말씀하지 않으셨습니다. 또한 진실을 알아보려고 슬쩍 물어보면 미친 사람 흉내를 내며 피해 버리셨습니다."

뒤이어 로즌크랜츠가 대답했어요.

"참, 여기 오는 길에 배우 일행을 만났는데 왕자님 앞에서 연극을 할 모양입니다. 왕자님께서 무척 기뻐하셨습니다."

로즌크랜츠의 말에 왕비는 안심이 되었어요. 친구들을 만나 조금 안정된 모습을 보이고 연극에도 관심을 나타냈다면 제정신으로 돌아올 가능성이 있기 때문이었어요. 왕이 말했어요.

"그것 참 다행스러운 일이구나. 나도 기꺼이 그 연극을 관람할 것이다. 또한 자네들은 계속

토머스 프랜시스 딕시, 〈오필리아〉

해서 햄릿이 이런 일에 관심을 가질 수 있도록 도와주어라."

로즌크랜츠와 길든스턴이 물러난 뒤 왕과 왕비는 오필리아와 폴로니어스를 불러들였어요. 왕은 왕비에게 말했어요.

"실은 은밀히 햄릿을 이리로 불렀소. 우연히 오필리아를 만나는 것처럼 해서 지켜볼 생각이오. 정말로 햄릿이 이상해진 원인이 오필리아 때문인지 알아보겠소. 그러니 당신은 우선

물러가 있으시오."

왕비는 고개를 끄덕이고 오필리아의 손을 잡으며 말했어요.

"오필리아, 네 상냥한 마음씨로 햄릿이 원래대로 돌아올 수만 있다면 얼마나 좋겠느냐?"

왕비의 간절한 말에 오필리아는 공손히 머리를 숙였어요. 왕비가 나가자 폴로니어스는 기도서를 가져와 오필리아에게 주며 말했어요.

"오필리아, 너는 이 책을 읽는 척하며 왕자를 기다리거라. 나와 왕께서는 커튼 뒤에 숨어 지켜보고 있으마."

폴로니어스와 왕이 함께 커튼 뒤로 숨은 얼마 후, 햄릿이 우울한 얼굴로 중얼거리며 걸어왔어요.

"사느냐, 죽느냐 그것이 문제로다. 가혹한 운명을 그대로 받아들이느냐, 아니면 물리쳐야 하는가. 죽는다는 것은 영원히 잠을 자는 것, 잠이 들면 모든 고통에서 벗어날 수 있겠지. 하지만 죽음 속에서는 어떤 꿈을 꾸게 될지 그 두려움이 나를 죽음에 이르지 못하게 하는구나. 단 한 자루의 검이면 숨통을 끊어 버릴 수 있는데도 나는 죽음에 대한 두려움으로 결심을 못하고 있는 거지."

그때 햄릿이 오필리아를 발견하고는 기뻐하며 말했어요.

"가만 저기 있는 게 누구인가? 오, 어여쁜 오필리아여! 나의 죄를 위해서 기도해 주시오."

오필리아가 공손히 일어나 햄릿을 맞이했어요. 햄릿은 웃으며 오필리아에게 다가가 말했어요.

"그동안 잘 있었소? 그런데 여기는 웬일이시오?"

"왕자님께 받았던 많은 선물을 돌려 드리러 왔습니다. 부디 화내지 말고 받으세요."

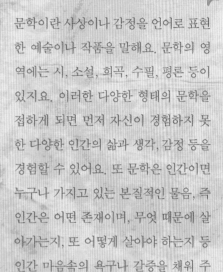

문학 작품을 읽는 이유

문학이란 사상이나 감정을 언어로 표현한 예술이나 작품을 말해요. 문학의 영역에는 시, 소설, 희곡, 수필, 평론 등이 있지요. 이러한 다양한 형태의 문학을 접하게 되면 먼저 자신이 경험하지 못한 다양한 인간의 삶과 생각, 감정 등을 경험할 수 있어요. 또 문학은 인간이면 누구나 가지고 있는 본질적인 물음, 즉 인간은 어떤 존재이며, 무엇 때문에 살아가는지, 또 어떻게 살아야 하는지 등 인간 마음속의 욕구나 갈증을 채워 주는 영혼의 양식과도 같은 역할을 해요.

오필리아가 품에서 보석을 꺼내 탁자 위에 올려 놓았지만 햄릿은 거들떠보지도 않았어요.

"나는 아무것도 선물한 일이 없으니 받을 수가 없소."

"분명히 왕자님께서 주셨던 선물입니다. 농담하시는 거지요? 아무리 훌륭한 선물이라도 보내신 분의 마음이 식으면 볼품이 없어진답니다."

오필리아가 다시 한 번 보석을 내밀었지만 햄릿은 크게 웃기만 했어요.

"하하하! 오필리아, 당신은 정숙한 여인이오? 아니면 아름다운 여인이오?"

"왕자님, 갑자기 그게 무슨 말씀이세요?"

"아름다움과 정숙함을 동시에 가진 여성이 있을 거라 생각했지만 그것은 거짓이었소. 아름다움을 가진 여성은 쉽게 정숙함을 버리고 타락하지. 나도 그 거짓에 속아 한때 당신을 사랑한다고 믿었지. 나는 당신을 사랑하지 않았소."

"제가 왕자님께 속은 것이군요."

오필리아는 가슴 한쪽이 무너져 내리는 느낌이었어요.

"그렇소. 오필리아, 수녀원으로 가시오. 왜 그대는 결혼을 하여 죄 많은 인간을 낳고자 하는 거요? 나 역시 내 어머니가 차라리 날 낳지 않았더라면 좋았다고 생각할 정도로 많은 죄를 저지르고 있소. 앞으로도 무슨 죄를 저지를지 모른다오. 오필리아, 나 같은 녀석들이 이 세상을 걸어 다닌다고 생각해 보시오. 그러니 결혼할 생각일랑 집어치우고 제발 당장 수녀원으로 가시오."

"오, 하느님. 저분을 구해 주세요."

오필리아가 눈물을 글썽였지만 햄릿은 계속해서 지독한 말들만 쏟아 부었어요.

"난 알고 있다. 너 같은 여자들은 얼굴에 덕지덕지 분칠을 해서 순진한 가면을 쓰고 뒤로는 마녀 같은 행동을 하지! 에잇, 어서 수녀원으로 가 버려!"

그리고 햄릿은 뛰쳐나가 버렸어요. 햄릿의 거친 말들

외젠 들라크루아, 〈「햄릿」 3막 1장 햄릿과 오필리아〉

과 행동에 오필리아는 마음이 아파 눈물을 뚝뚝 흘렸어요. 그리고 십자가 앞에 무릎을 꿇고 앉아 햄릿을 위해 기도했어요.

"아, 그토록 고우시던 분이 저렇게 변하시다니! 아, 어쩌면 좋아……. 나는 이 세상에서 가장 불행한 여자가 되어 버렸구나."

오필리아는 엎드려 흐느꼈어요.

이 모습을 지켜본 왕이 폴로니어스에게 말했어요.

"사랑 때문은 아닌 것 같소. 횡설수설하는 것 같지만 미친 사람이 하는 말은 아니야. 분명 마음속 깊이 어떤 우울한 것이 있는 것 같은데……. 그렇다면 저 애를 영국으로 보내는 것은 어떻소? 새로운 환경에서 지내면 가슴속에 맺힌 것도 풀어지겠지."

"좋은 생각이십니다. 오늘 밤 햄릿 왕자님이 초대한 연극을 보고난 후, 왕비님과 바로 상의하시는 게 좋을 것 같습니다. 제가 영국에 좋은 곳을 알아 두도록 하겠습니다."

폴로니어스가 대답했어요.

그날 밤, 연극 무대는 궁 안의 커다란 홀에서 준비되었어요. 햄릿은 연극이 시작되기 전 대기실에서 배우들의 연기를 직접 지도하고 있었어요. 그때 호레이쇼가 대기실로 들어왔어요. 햄릿은 반갑게 그를 맞이했어요.

"나의 가장 믿음직한 친구가 왔구나. 맹세컨대 나는 자네를 내 영혼의 벗으로 생각하고 있다네. 나는 오직 자네만을 믿지."

"황공하옵니다."

"진심이야. 내 말을 가벼운 아첨으로 생각하지 말게나."

햄릿의 진심어린 말에 호레이쇼도 감동을 받았어요. 햄릿이 호레이쇼에게 다가가 속삭였어요.

"사실 오늘 할 연극은 내 아버지의 살해 장면과 아주 비슷해. 그 장면이 시작될 때 숙부의 표정을 자세히 살펴 주게. 만약에 숙부의 표정에 변화가 없다면 우리가 본 유령은 그저 헛것일 뿐이네. 부탁하네."

"잘 알겠습니다. 단 한순간이라도 한눈을 팔 일은 없을 것입니다."

호레이쇼의 든든한 말에 햄릿도 조금은 마음이 놓였어요. 곧이어 나팔 소리와 북소리가 울려 퍼졌고, 호레이쇼는 서둘러 관람석으로 향했어요. 왕과 왕비도 연극을 관람하기 위해 홀로 들어왔어요. 그 뒤에는 폴로니어스와 많은 대신들 그리고 오필리아, 로즌크랜츠, 길든스턴 등도 있었어요. 호위병들은 횃불을 들고 서 있었어요. 햄릿이 나타나자 왕이 물었어요.

햄릿이 연인이었던 오필리아를 거부한 이유

햄릿은 아버지를 죽이고 왕위에 오른 숙부에 대해 증오심을 갖고 있었어요. 그런데 아버지가 죽은 지 얼마 지나지 않아 어머니가 그 숙부와 결혼을 하고 말아요. 햄릿은 그 일에 대해 탄식하지요. 숙부에게 향해 있던 증오심이 어머니에 대한 분노로 이어진 거예요. 어머니의 사랑을 숙부에게 빼앗긴 데 대한 원망과 아버지를 배신한 어머니에 대한 증오는 결국 모든 여성에 대한 증오로 확대되고 말아요. 그 분노를 참지 못해 햄릿은 애인인 오필리아조차 믿지 못하게 돼요. 오필리아마저 버린 햄릿은 마침내 여성의 상징인 아이를 낳는 생식력에 대해서조차 저주를 하게 되며 여성에게서 태어난 자신을 학대하는 대사를 내뱉어요.

에드윈 오스틴 애비, 〈「햄릿」의 극중극 장면〉

"햄릿, 요즘 기분은 어떠냐?"

"기운이 펄펄 넘칩니다."

왕비는 자신의 옆자리를 가리키며 햄릿을 불렀어요.

"얘야, 이쪽에 와서 앉으렴."

"아닙니다. 저를 매혹시키는 이가 따로 있군요. 당신 무릎 위
에 누워도 되겠소?"

햄릿이 오필리아에게 다가가 막무가내로 오필리아의 무릎
을 베고 누웠어요. 오필리아는 당황해서 어쩔 줄 몰라 했어요.

"왕자님, 이러시면 안 됩니다."

"단지 머리만 살짝 기대겠다는 말이오. 절대 아무 짓도 하지

않겠소."

오필리아는 어쩔 수 없이 가만히 있을 수밖에 없었어요. 햄 릿은 오필리아의 무릎에 누운 채 말했어요.

"아름다운 여자의 무릎에 기댄다는 것은 기분 좋은 일이지. 저기 숙부의 곁에 있는 어머니를 좀 봐. 아버지가 돌아가신 지 두 시간도 지나지 않았지만 무척이나 밝은 얼굴이시군."

"왕자님, 두 시간이라니요? 선왕이 돌아가신 지 벌써 두 달이 나 되었는걸요?"

오필리아의 말에 햄릿은 쓸쓸하면서도 천역덕스럽게 대꾸 했어요.

"이상하군. 두 달이나 지났는데 난 아버지를 잊을 수 없으니 말이야."

이때 나팔 소리와 함께 무대 위의 커튼이 양쪽으로 갈라지 며 연극의 시작을 알렸어요. 모든 사람들의 눈이 무대로 향했 어요. 단, 햄릿과 호레이쇼만이 왕과 왕비를 지켜보았어요.

무대 위에서 왕과 왕비로 분장한 배우들이 연기를 시작했어 요. 왕으로 분장한 배우가 왕비 역 배우에게 말했어요.

"벌써 우리가 결혼한 지 오랜 시간이 흘렀구려. 그 사이 태양 신의 수레는 해신의 바닷길과 대지 여신의 둥근 땅을 서른 번이나 돌았고, 달은 열두 번을 찼다가 기울었소."

이에 왕비 역을 맡은 배우가 대답했어요.

"참으로 긴 날이었습니다. 앞으로도 우리 사랑이 오랫동안 이어질 것입니다. 하지만 요즘 전하의 건강이 평소 같지 않아 걱정이 많습니다."

"내 몸은 내가 잘 아오. 나는 얼마 안 있어 떠나야 할 몸. 부디 혼자 남더라도 사람들에게 존경과 사랑을 받으며 사시오. 그리고 다시 좋은 남편을 만나시오."

그러자 극 중 왕비는 고개를 세차게 저은 뒤, 극 중의 왕을 바라보며 맹세했어요.

"그만하세요. 왜 그런 말씀을 하셔서 제 가슴을 찢어 놓으십니까? 새로운 남편을 맞이할 바에는 차라리 죽음을 택하겠어요. 폐하를 잃었다고 해서 어찌 제가 다시 재혼을 할 수 있겠습니까? 그것은 사랑이 아니라 반역입니다. 그런 짓을 할 여자는 오직 남편을 살해한 여자뿐입니다."

"고맙소. 그대의 굳은 맹세가 내 마음을 밝히는구려. 그런데 잠시 피곤한 것 같으니 혼자 있게 해 주시오. 한숨 자야 할 것 같으니까."

그리고 극 중 왕은 무대 바닥에 누웠어요.

이때 햄릿이 일부러 왕비에게 물었어요.

"연극은 재미있으십니까?"

왕비는 어두워진 표정으로 대답했어요.

"여인이 너무 거창하게 맹세를 하는 것 같구나."

"하지만 저 여인이 정숙하다면 맹세를 꼭 지키겠지요."

왕이 햄릿에게 물었어요.

"네가 연극의 줄거리를 만든 것이냐? 혹시 잔인하거나 이상한 장면들은 없겠지?"

햄릿이 빙긋 웃었어요.

"절대 없습니다. 이건 그저 연극일 뿐입니다. 그냥 독살하는 흉내만 낼 뿐이지 이상한 장면들은 없습니다."

그래도 무언가 찜찜함을 느낀 왕

시인 겸 극작가 셰익스피어의 일생

1564년 셰익스피어는 영국에서 태어났어요. 셰익스피어는 상인이었던 아버지 덕택으로 어린 시절을 유복하게 보내면서 당시 특수층 자제만 다닐 수 있던 그래머 스쿨에서 라틴어를 익혀 서양 고전을 섭렵할 수 있었어요. 하지만 열네 살 때부터 집안이 기울어 대학 진학은 포기해야 했어요. 셰익스피어는 1583년 자신보다 여덟 살 연상이었던 여인과 결혼하여 3남매를 두었고 1598년, 배우로 데뷔했어요. 이때 셰익스피어는 런던의 극장에서 일하며 어깨너머로 연극이나 문학을 익혔어요. 그 후, 배우로 무대에도 출연하는 한편, 극단 전속 작가로 일하다가 희곡 작가가 되었어요. 셰익스피어는 배우로, 극작가로 명성을 계속 쌓아 나갔으며, '체임벌린 경의 사람들'이란 연극단의 극단주가 되기에 이르러요. 그리고 1611년 은퇴할 때까지 왕성한 활동을 했으며 1616년에 죽을 때까지 평생 약 37개의 희곡과 154편의 소네트를 남겼어요.

이 또 물었어요.

"도대체 이 연극의 제목은 무엇이냐?"

"「곤자곤의 살인」입니다. 비엔나에서 일어난 암살 사건을 바탕으로 만들었습니다. 보는 사람에 따라 끔찍할 수도 있지만 뭐 어떻습니까? 죄 지은 사람이나 찔리지 폐하나 저희들처럼 깨끗한 양심을 가진 사람들이 보면 아무렇지도 않은 내용이지요."

햄릿이 말하는 동안 루시어너스로 분장한 배우가 등장하였어요. 그는 검은 옷을 입고 있었고 손에는 독약이 든 병을 들고 있었어요.

햄릿은 오필리아에게 말했어요.

"루시어너스는 왕의 조카요. 그런데 왕관을 차지하려고 왕을 독살하는 것이지. 이제 저 살인자가 왕비까지 빼앗는 것을 보게 될 것이오."

무대 위의 루시어너스 역을 맡은 배우는 손에 독약을 든 채 잠을 자고 있는 왕의 주변에 살금살금 다가가고 있었어요. 그때 햄릿은 왕의 표정을 살폈어요. 왕의 얼굴은 핏기 없이 창백했어요. 왕의 표정이 좋지 않다는 것은 모두가 알 수 있었지요. 배우들은 왕의 눈치를 살피며 연극을 계속해야 할지 말지 망설였어요. 그러자 햄릿이 유쾌하게 말했어요.

"자, 걱정 말고 계속하여라."

루시어너스 역의 배우는 왕을 힐끔 보고는 다시 대사를 이어 갔어요.

"바로 지금이야. 다행히 아무도 없어. 하늘도 나를 돕고 있는 거지. 밤에 캐낸 약초에 마녀의 주문을 세 번 넣고 독기를 쐬어 만든 이 독약은 놀랄 만한 약효를 발휘하지. 무서운 독약이여, 저 건강한 왕의 생명을 빼앗아라."

루시어너스는 극 중 왕의 귀에 독을 부었어요. 순간 왕은 더 이상 참지 못하고 관람석에서 벌떡 일어났어요. 비틀거리는 왕을 보고 주위에 있던 사람들은 당황하여 웅성거리기 시작했어요. 폴로니어스가 외쳤어요.

"연극을 중지하라."

왕도 떨리는 목소리로 말했어요.

"등불을 비추어라. 그만 가야겠다."

그리고는 왕은 휘청거리며 홀에서 나가 버렸어요. 왕비와 나머지 사람들도 왕의 뒤를 따라갔어요. 이제 관람석에는 햄릿과 호레이쇼만이 남았어요. 햄릿이 말했어요.

"자네도 숙부의 표정을 똑똑히 보았지? 유령의 말은 사실이었네."

"분명히 보았습니다."

"독살 장면 때도 보았지?"

"네, 똑똑히 보았습니다."

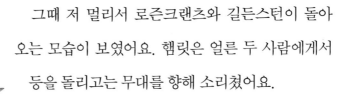

그때 저 멀리서 로즌크랜츠와 길든스턴이 돌아
오는 모습이 보였어요. 햄릿은 얼른 두 사람에게서
등을 돌리고는 무대를 향해 소리쳤어요.

"자, 다시 음악을 울려라. 폐하께서는 연극이 마
음에 안 드신 모양이다. 그렇다면 음악이나 울려라! 어서 피리
를 불어라!"

햄릿은 일부러 손짓을 크게 하며 외쳤어요. 길든스턴이 조
심스럽게 다가와 물었어요.

"왕자님, 왕비 마마께서 왕자님의 행동에 깜짝 놀라셨다고
합니다. 또한 하실 말씀이 있으니 방으로 오라고 하셨습니다."

"역시나 나는 참으로 대단한 자식이야. 어머니를 놀라게 했
으니까 말이지. 좋아, 곧 들르겠네. 훌륭한 어머니의 말씀이니
그 말씀에 따르지."

햄릿의 비꼬는 말투에 두 사람은 시무룩한 표정을 짓고는
홀에서 빠져나갔어요. 이윽고 홀로 남은 햄릿은 고통스럽다는

듯이 중얼거렸어요.

"밤이 깊었구나. 이제 다시 무덤들이 열리고 그 틈으로 유령들도 나오겠지. 지금의 나라면 산 사람의 뜨거운 피를 마실 수도 있을 것 같구나."

햄릿은 절망에 빠져 괴로웠어요. 숙부와 결혼한 어머니를 만나고 싶은 마음은 없었지만 어머니를 괴롭게 하지 말라고 했던 선왕과의 약속을 지키기 위해 무거운 발걸음을 옮겼어요.

그 시간, 왕은 로즌크랜츠와 길든스턴을 만나고 있었어요. 왕은 진절머리가 난다는 듯 손을 휘두르며 말했어요.

"난 햄릿의 낯짝도 보기 싫구나. 그런 미친 왕자를 궁에 둘 수는 없는 일이야. 영국 왕에게 편지를 써 줄 테니 햄릿과 함께 영국으로 가거라."

왕은 영국 왕에게 보낼 편지를 쓰기 시작했어요. 하지만 그 내용은 햄릿을 잘 부탁한다는 내용이 아닌 햄릿이 도착하는 대로 죽여 달라는 내용이었어요. 왕은 골칫덩이인 햄릿을 하루라도 빨리 없애 버리고 싶었어요. 왕이 편지를 두 사람에게 건네주고 내보내자 이번에는 폴로니어스가 들어왔어요.

"폐하, 지금 햄릿 왕자님께서 왕비 마마의 방으로 들어가셨습니다. 소신은 커튼 뒤에 숨어서 몰래 이야기를 엿듣겠습니다."

외젠 들라크루아, 〈햄릿과 기도하는 클로디어스〉

폴로니어스가 왕비의 방으로 간 뒤 혼자 남은 왕은 방 안을 서성였어요. 그는 너무나도 불안해서 미칠 것만 같았어요.

'분명 햄릿은 뭔가를 아는 눈치였어. 그 연극도 일부러 내가 보도록 만든 것이 분명해. 그렇다면 햄릿이 미친 이유도 사랑 때문이 아니라 나 때문일 거야. 만약 햄릿이 모든 것을 알고 있다면 내가 지은 죄를 모두에게 고백해야 하는 걸까? 이걸 어떡한다. 나의 죄는 용서받을 수 없는 건가? 그래, 일단 참회를 하자. 하늘에 용서를 구하는 거야.'

왕은 무릎을 꿇고 기도했어요.

"천사들이시여, 도와주시옵소서. 덫에 걸린 새와 같은 저의 영혼을 도와주시옵소서. 이렇게 무릎을 꿇고 비나니, 몸부림 칠수록 더욱 죄어 오는 제 영혼을 구원해 주소서."

이때 햄릿이 기도하는 왕을 발견하고는 걸음을 멈췄어요. 그는 왕을 죽일 수 있는 기회라고 생각했어요. 그러고는 검을 빼고 왕의 뒤를 향해 천천히 걸어갔어요. 이제 왕의 뒷덜미에 검을 내리꽂기만 하면 되었어요. 그러나 순간 햄릿은 생각을 바꿨어요.

'가만 있자, 기도하는 자의 영혼은 깨끗이 씻겨 천국에 갈 것이다. 그리고 저자를 죽인 나는 지옥에 가겠지. 아버지를 죽인

자를 천국으로 보낸다면 아버지의 복수가 아니야. 그래, 저 악
마가 다시 한 번 악의 구렁텅이에 빠졌을 때 죽여야 돼. 좀 더
끔찍한 순간을 기다리자. 무엇으로도 구원받을 수 없을 때 아
버지의 복수를 해야겠다.'

　햄릿은 도로 검을 검집에 넣고는 조용히 돌아섰어요. 왕은
자신의 등 뒤에서 무슨 일이 일어났는지 전혀 알지 못한 채 기
도를 마쳤어요.

　"기도를 하늘로 올려 보내도 내 마음은 여전히 땅 위에 남아
있구나. 그 죄책감을 떨칠 수 없으니 답답하기만 하다!"

　왕은 기도를 마치고 일어서며 중얼거렸어요.

　왕비의 방에는 선왕과 클로디어스 왕의 초상화가 나란히 걸
려 있었어요. 그 반대편 벽은 커튼으로 가려져 있었고, 바로 그
뒤에 폴로니어스가 숨어 있었어요. 햄릿이 왕비의 방에 들어
서며 공손히 물었어요.

　"찾으셨습니까?"

　왕비는 의자에 앉은 채 굳은 얼굴로 말했어요.

　"햄릿, 어서 오너라. 왕께서 네 일로 단단히 화가 나셨어."

"돌아가신 선왕께서는 어머니 때문에 화가 나셨습니다."

"아니, 얘야. 그런 무례한 말이 어디 있느냐?"

"왕비 마마는 제 어머니이시자 제 숙부의 아내이십니다. 남편의 동생과 결혼하다니, 부끄럽지도 않으십니까?"

충격을 받은 왕비는 햄릿을 감당해 낼 수가 없었어요. 왕비는 비틀거리며 일어서서 방을 나가려 했어요. 그러자 햄릿이 나

해골을 들고 있는 햄릿을 연기한 사라 베르나르

가지 못하게 왕비의 팔을 붙잡았어요. 덜컥 겁이 난 왕비는 소리를 지르기 시작했어요.

"이것 놓아라. 너 무슨 짓을 하려는 거냐?"

그때 커튼 뒤에서 부스럭거리는 소리가 들렸어요. 햄릿은 얼른 검을 뽑아 들고 커튼 쪽으로 다가갔어요.

"이건 또 웬 쥐새끼냐? 죽어라!"

햄릿이 검으로 커튼을 찌르자 비명소리와 함께 커튼이 피로

붉게 물들기 시작했어요. 그리고 쿵 하는 소리가 들렸어요. 왕비는 비명을 질렀어요. 햄릿이 커튼을 들추자 폴로니어스가 눈을 부릅뜬 채 죽어 있었어요. 햄릿은 다시 커튼을 덮고 중얼거렸어요.

"숙부인 줄 알았더니 폴로니어스였군……."

"세상에, 이게 무슨 잔인한 짓이냐?"

그러나 햄릿은 왕비를 노려보았어요.

"이게 잔인하다고요? 형을 죽인 동생과 결혼한 형수보다 더 잔인하다는 말씀이십니까?"

"형을 죽인 동생이라니?"

"어머니, 조용히 앉아 계세요. 이제부터 제가 어머니의 가슴을 쥐어짜 드리겠습니다. 어머니의 가슴에 조금의 양심이 남아 있다면 말입니다!"

"도대체 내가 무슨 잘못을 저질렀기에 이리도 무례한 것이냐?"

햄릿은 겁에 질린 왕비를 일으켜 세운 뒤에 초상화가 걸린 벽 쪽으로 데리고 갔어요. 그러고는 초상화를 가리키며 외쳤어요.

"자, 이 두 초상화를 보세요. 바로 같은 피를 나눈 형제의 초상화이지요. 자, 이분은 태양신 아폴론과 같은 머리카락, 주피터와 같은 이마, 전쟁의 신 마르스와 같은 눈, 신의 전령 헤르메스가 막 내려온 듯한 모습을 하고 있지요. 모든 인간들이 존경했던 어머니의 전남편입니다.

반면 다른 한쪽을 보십시오. 바로 어머니의 현재 남편입니다. 건강한 형을 병든 보리 이삭처럼 말려 죽인 인간입니다. 어머니, 제발 눈이 있으면 보세요. 어찌하여 이 간악한 인간의 꼬임에 넘어가신 겁니까? 그것을 사람이라고 할 수 있습니까? 사랑에 눈이 멀었다고 하지 마세요. 아무리 어린 아이라도 이 두 사람을 분명하게 구분할 수 있으니까요."

왕비가 눈물을 흘리며 고통스럽게 소리쳤어요.

"햄릿. 제발, 그만……. 그만 하여라. 네 말이 비수처럼 어미

어떻게 남편의 동생과 재혼할 수 있을까?

중세 시대에는 원래 가족과 친척 간의 결혼인 근친을 금지했어요. 하지만 왕실의 결혼은 달랐어요. 왕실 가문의 사람들끼리만 결혼함으로써 자신들의 고귀한 혈통을 지키고 싶었던 거예요. 또한 절대 왕정 시대에는 왕이 신이라고 생각하였기에 더욱더 가문의 신성함과 위대함을 손상시키고 싶지 않았어요. 또한 중세의 사람들은 연애와 결혼을 다른 개념으로 받아들였기에 근친을 심각하게 생각하지 않았어요. 하지만 이러한 근친은 많은 부작용을 낳았어요. 특히 계속되는 근친으로 인해 후손들이 장애나 정신병에 걸렸는데, 이때에도 사람들은 그 원인을 단순히 저주라고 생각했어요.

헨리 퓨젤리, 〈거트루드 왕비와 햄릿, 선왕의 유령〉

의 가슴을 찌르는구나.”

그러나 햄릿은 멈추지 않았어요. 오히려 더욱 모질게 왕비를 몰아세우며 정신없이 지껄였어요. 하지만 어느새 햄릿의 눈에도 눈물이 흐르고 있었어요.

“살인자, 악당, 폭군 중의 폭군, 선왕의 귀중한 왕관을 훔치고 그 아내까지 훔쳐 낸 비열한 놈!”

그때 선왕의 유령이 햄릿 앞에 나타났어요. 햄릿은 유령을 쳐다보며 물었어요.

“아버지, 무슨 일이십니까? 혹시 아버지의 원수를 갚지 못하고 우물쭈물하는 저를 꾸짖으러 오신 것입니까?”

그런 햄릿을 보고 왕비는 어리둥절했어요. 왕비의 눈에는 유령이 보이지 않았기에 햄릿의 모습은 텅 빈 허공에 대고 말을 하는 것으로밖에 보이지 않았어요. 왕비는 그런 햄릿을 보고 아들이 미쳤다고 생각했어요.

유령이 괴로운 표정으로 말했어요.

“아들아, 내가 지금 너를 찾아온 것은 너를 재촉하기 위해서가 아니다. 네 어머니에게 상처를 주지 말라고 하기 위해 왔다. 약한 자일수록 어리석은 법이지. 어머니는 약했던 것뿐이니 진정시켜 드려라.”

유령의 말에 햄릿은 왕비 쪽을 보았어요. 왕비는 충격을 받아 오들오들 떨고 있었어요.

"어머니, 괜찮으십니까?"

"너야말로 괜찮니? 도대체 왜 허공에 대고 혼자 말을 하는 건지 알 수가 없구나. 제발, 햄릿. 정신을 차리고 예전의 너로 돌아오렴."

햄릿은 유령이 있는 곳을 가리켰어요.

"어머니께서는 저기 서 계신 분이 보이지 않으십니까? 창백한 얼굴로, 슬픈 눈으로 저희를 바라보고 있는 저 분 말입니다.

바로 저기에 어머니와 그토록 오랜 세월을 함께하신 분이 계십니다!"

그러나 왕비의 눈에는 아무 것도 보이지 않았어요.

"도대체 무엇이 있다고 그러는 게냐? 네가 또 헛것을 본 모양이구나."

햄릿이 고개를 돌렸을 때는 유령이 서서히 사라져 가고 있었어요.

"어머니, 저는 미치지 않았습니다. 제 심장은 어머니와 똑같이 멀쩡하게 뛰고 있습니다. 제가 미쳐서 하는 말이 아닙니다. 어머니, 제발 어머니의 죄를 인정하시고 더 늦기 전에 하늘에 용서를 구하세요."

"네가 어미의 가슴을 두 동강으로 자르는구나."

"잘 됐네요. 오히려 더러운 쪽은 버리시고, 나머지 반쪽으로 깨끗하게 사는 것이 나을 것입니다. 어머니, 안녕히 주무세요. 그러나 절대로 숙부의 침실에는 가지 마세요. 폴로니어스의 시신은 제가 처리하겠습니다."

왕비는 차마 폴로니어스의 시신을 볼 수가 없어서 고개를 돌렸어요.

"참, 어머니, 한마디만 더 하겠습니다. 어머니는 숙부가 저를 영국으로 보낸다는 걸 아시나요?"

"그렇게 결정되었단다."

"믿었던 친구들은 이미 왕명을 받들었더군요. 그놈들이 길잡이가 되어 저를 함정에 빠뜨릴 모양입니다.

흔한 복수극을 소재로 한 「햄릿」이 불후의 명작으로 불리는 이유

「햄릿」은 수많은 나라에서 공연될 정도로 시대를 넘어 인정받는 작품일 뿐 아니라 최고의 문학적 성과를 이룬 작품으로 평가받고 있어요. 주인공인 햄릿은 숙부가 기도하는 순간 복수할 수 있는 기회가 왔는데도 결단을 내리지 못하고 망설이는 모습을 보여 줘요. 이처럼 「햄릿」은 고뇌하는 존재라는 인간의 특성을 잘 나타내 주었고 구성에서도 아버지의 복수를 다짐했던 햄릿이 다시 복수의 대상이 되는 극적 반전을 통해 팽팽한 긴장감을 유지하고 있어요. 또한 누구나 한번쯤 들어 보았을 "약한 자여, 그대 이름은 여자니라", "사느냐, 죽느냐 그것이 문제로다" 같은 빛나는 대사와, 고뇌에 찬 햄릿의 내면을 효과적으로 드러내는 독백 등은 이 작품이 일반적인 복수극을 넘어 오늘날까지 많은 사람들에게 감동을 주는 이유로 꼽히고 있어요.

니콜라이 아빌고르드,
〈어머니인 왕비에게 아버지의 유령을 보았다고 말하는 햄릿〉

해 볼 테면 해 보라지요. 오히
려 제가 그놈들이 묻어 놓은
지뢰밭을 그들이 걷게 만들 테
니까요. 그럼 이만 나가보겠습
니다."

햄릿은 폴로니어스를 죽인
것은 안타까웠지만 이 또한 자
신을 이용하려 했던 그를 하늘
이 벌 준 것이라고 생각했어요. 햄릿은 죽은 폴로니어스를 끌
며 옆방으로 갔어요.

햄릿이 나가자 왕비는 침대에 엎드려 흐느꼈어요. 곧 왕이
들어와 울고 있는 왕비를 일으키며 물었어요.

"무슨 일이오? 대체 햄릿이 무슨 짓을 한 거요?"

"그 애는 완전히 미쳐버렸습니다. 커튼 뒤에서 작은 소리가
나니까 갑자기 검을 빼들더니 커튼을 마구 찔렀습니다. 그 바
람에 착한 폴로니어스가 죽고 말았습니다."

"이런 일이! 짐도 그 자리에 있었다면 같이 죽을 뻔 했구려.
그런데 햄릿은 어디에 있소?"

"시체를 치운다고 나갔습니다. 미치긴 했어도 잠시 정신이

들었는지 눈물을 흘리더군요."

"날이 밝는 대로 햄릿을 영국으로 보내겠소. 이번 일은 적당히 얼버무려 처리할 테니 너무 걱정하지 마시오."

왕은 부드러운 말투로 왕비를 달랬어요. 그러면서도 로즌크랜츠와 길든스턴을 불러 햄릿이 끌고 나간 시체를 찾아 교회 예배당으로 옮기라고 지시했어요. 또한 햄릿을 잘 타일러 데리고 있을 것을 부탁하였어요. 왕의 명령을 받은 로즌크랜츠와 길든스턴은 서둘러 성 밖으로 나가 햄릿을 찾아 헤맸어요. 잠시 후, 옷에 묻은 흙을 털어내고 있는 햄릿을 만날 수 있었어요. 로즌크랜츠는 다짜고짜 물었어요.

"왕자님, 시신은 어떻게 하셨습니까?"

"흙과 섞었다네."

"어디에 묻으셨습니까? 저희들이 찾아서 예배당으로 옮기겠습니다."

"내가 말할 것 같으냐? 왕자인 내가 왕의 총애나 빨아들이는 해파리들에게 함부로 대답할 수는 없지."

"저희가 해파리 같다고요? 왕자님, 도대체 무슨 말씀이신지요? 어서 시체가 있는 곳을 알려 주시고 폐하께 가시지요."

"그럼 우선 숙부가 있는 곳으로 안내해라."

로즌크랜츠와 길든스턴은 하는 수 없이 햄릿을 데리고 왕이 있는 곳으로 향했어요.

햄릿이 나타나자 왕이 물었어요.

"햄릿, 폴로니어스는 어디 있느냐?"

"글쎄요, 천당 아니면 지옥이겠지요. 두어 달 동안 이대로 두면 복도로 통하는 계단에서 냄새가 날지도 모르겠습니다."

햄릿의 말에 왕은 얼른 시종들을 복도로 통하는 계단으로 보냈어요. 그리고 최대한 친절해 보이는 표정을 억지로 지으며 햄릿에게 말했어요.

"햄릿, 이번 일은 네가 너무 지나쳤단다. 이 일로 네가 위험해질까 봐 걱정이구나. 그러니 어서 이곳을 떠나거라. 모든 준비는 내가 다 알아서 처리했단다."

왕은 잠시라도 햄릿을 곁에 두고 싶지 않았어요. 그저 빨리 떠나보내는 것만이 마음 편히 살 수 있는 유일한 길이라고 생각했어요. 왕의 말에 햄릿이 물었어요.

"영국으로요?"

"그렇단다."

"좋습니다. 가라고 하신다면 가야지요."

햄릿은 왕에게 인사를 하고 항구로 향했어요. 로즌크랜츠와 길든스턴도 급히 햄릿의 뒤를 따랐어요. 햄릿의 뒷모습을 보며 왕은 햄릿이 도착하는 대로 사형에 처하라는 내용을 적어 영국 왕에게 보낸 편지를 떠올렸어요. 왕은 햄릿이 죽으면 곧 모든 것이 다 끝날 것이라 생각하며 깊은 한숨을 내쉬었어요.

영국으로 가는 배를 타기 위해 항구로 가던 햄릿은 어디론가 바삐 향하고 있는 많은 군사들을 보았어요. 그들은 노르웨이 왕의 조카 포틴브라스 2세의 군대였어요. 포틴브라스 2세는 덴마크를 공격하려고 했지만 숙부인 왕의 명령으로 작전을 바꿔 폴란드를 공격하기로 한 상태였어요. 그런데 폴란드를 공격하기 위해서는 덴마크 영토를 지나가야 했어요.

햄릿이 복수의 기회를 놓친 이유?

복수할 수 있는 절호의 기회가 왔는데도 머뭇거리면서 행동으로 옮기지 못한 햄릿의 성격에 대해서는 오늘날까지도 논쟁이 이어지고 있어요. 그 이유에 대한 대표적인 설로는 햄릿이 사색적일 뿐 성격의 담대함이 없었다는 성격적 무능설, 삶에 대한 비판 의식이 너무나 예리해 행동이 미처 따르지 못했다는 비관론, 또는 위험에 처한 덴마크를 우선 구해야 되겠다는 구국 사명설, 햄릿이 복수를 부도덕하다고 생각하여 고민에 빠졌다는 양심설 등 많은 주장이 있지만 그것은 햄릿의 복잡한 성격의 한 가지 면만을 설명할 뿐 그 전체를 설명하지는 못해요. 이렇듯 「햄릿」은 인류가 계속되는 한 여전히 연구대상이자 감동을 주는 명작이에요.

햄릿은 노르웨이 군대의 부대장에게 물었어요.

"여보게, 자네들은 어느 나라 군대인가?"

햄릿의 물음에 부대장이 대답했어요.

"우리는 노르웨이 왕의 조카 포틴브라스 2세의 군대입니다. 2만 군대를 이끌고 폴란드를 공격하기 위해 진격하는 중이지요."

"그렇다면 폴란드 중심부를 공격하는 건가?"

"아닙니다. 손바닥만 한 작은 땅을 점령하러 가는 길입니다. 소작료도 조금밖에 안 나오는 땅이지요. 저 같으면 그런 땅은 공짜로 줘도 가지지 않을 정도로 아무런 이득이 없는 전쟁입니다."

"그렇다면 폴란드인들도 그 땅을 지키지 않을 테니 쉽게 전쟁에서 승리할 수 있겠군."

"아닙니다. 이미 폴란드의 군대가 굳게 방어하고 있다고 들었습니다. 우리는 오로지 명예 말고는 다른 이익이라고는 없는 한 움큼의 땅을 얻고자 할 뿐입니다. 그럼, 갈 길이 바빠서 이만 가보겠습니다."

대장은 손을 들어 인사하고 가던 길을 재촉하였어요. 그 모습을 물끄러미 바라보던 햄릿은 생각에 빠졌어요.

'2만 명의 군사들이 죽음의 길로 가고 있구나. 그들을 보니 너무나도 부끄럽다. 저런 사소한 일에도 젊은이들은 목숨을 걸고 길을 떠나고 있는데, 나는 입만 떠들어 대며 세월을 보내고 있구나. 아버지는 살해당하고 어머니는 숙부에게 더럽혀졌다면 나의 모든 것을 걸고 복수했어야 했는데도 말이지. 그래, 이제부터 나는 복수만 생각할 것이다. 그 밖의 다른 것은 생각하지 말자.'

그는 멀어지는 노르웨이 병사들을 보며 다시 한 번 피의 복수를 다짐했어요.

햄릿이 떠나고 몇 주일이 지난 어느 날이었어요. 호레이쇼와 시종은 왕비에게 오필리아를 만나 달라고 간청하고 있었어요.

"지금은 그 애를 만나고 싶지 않구나."

그러자 시종이 간곡히 말했어요.

"그렇지만 왕비님을 만나고 싶다며 조르고 있습니다. 이제 오필리아 님은 완전히 정신이 나간 모양입니다. 울다가 웃다가 별별 짓을 다 하고 계시는데 주로 아버지 이야기를 많이 하십니다. 분명 하고 싶은 말씀이 있는 것 같습니다."

호레이쇼도 거들었어요.

"만나시는 게 좋을 것 같습니다. 저렇게 놔두면 오필리아 님의 넋두리를 들은 사람들이 헛소문을 만들어 낼지도 모릅니다. 그러니 왕비 마마께서 한번 만나 주시어 이야기를 들어주십시오."

왕비는 마지못해 고개를 끄덕이고는 오필리아를 만나보기로 했어요. 잠시 후, 왕비 앞에 나타난 오필리아는 말 그대로 미친 여자였어요. 머리는 부스스한 산발이었고, 옷은 여기저기 찢긴 채 풀어헤쳐진 상태였어요. 예전의 정숙하고 아름다운 오필리아가 아니었어요. 오필리아는 방에 들어오자마자 왕비를 찾았어요.

"덴마크의 아름다운 왕비님은 어디 계신가요?"

오필리아의 그 모습을 보고 왕비가 안타깝게 불렀어요.

"오필리아! 이게 어찌 된 일이냐?"

그러나 오필리아는 왕비를 보고도 알아보지 못했어요. 그저 노래를 부르며 방을 돌아다닐 뿐이었어요.

"내 님은 갔어요. 죽어서 이승을 떠났어요."

옆에 있던 왕도 안타까워하며 혀를 찼어요.

"세상에, 오필리아가 저 지경까지 될 줄이야."

오필리아가 왕에게 꾸벅 인사를 하며 다가와 말했어요.

"고맙습니다. 올빼미는 원래 빵집 딸이었다고 해요. 오늘 일은 알지만 내일 일은 알 수 없답니다. 당신의 식탁에 축복이 내려오소서."

"죽은 아버지 이야기를 하는 것이냐?"

오필리아가 생긋 웃더니 다시 노래를 부르기 시작했어요.

"내일은 발렌타인, 동쪽 하늘에서 해가 떠오르면 사랑하는 님의 창가에 서서 그대를 기다리리. 내 님이 방문을 열어 주니 들어간 처녀가 나올 땐 처녀의 꽃잎이 떨어졌으리."

더 이상 왕과 왕비는 오필리아를 볼 수가 없었어요.

"그때까지 우리는 참아야 해요. 그러면 언젠가 행복이 찾아오겠죠. 하지만 그분이 차디찬 땅속에 묻혀 있다는 걸 생각하면 눈물이 나와요. 오빠도 곧 아버지가 죽은 걸 알겠죠. 그럼, 안녕히 계세요."

오필리아는 머리 숙여 인사를 한 뒤 춤을 추며 밖으로 나갔어요.

왕은 또다시 죄책감에 빠졌어요. 오필리아가 미쳐 버린 이유는 쉽게 짐작할 수 있었어요. 아버지인 폴로니어스가 갑자기

앙텔므 프랑수아 랑그르네, 〈햄릿 역의 탈마〉

죽어 버리고 사랑하는 햄릿마저 말 없이 사라지니 이성을 잃을 수밖에 없는 상황이었지요. 게다가 폴로니어스의 죽음을 얼버무리기 위해 장례를 성급히 치르느라 대충 치른 것도 마음에 걸렸어요. 하지만 죄책감보다 왕을 더 두렵게 만든 것은 오필리아의 오빠인 레어티스였어요. 프랑스에서 돌아온 레어티스가 이 사실을 알게 되면 무슨 일을 저지를까 두려웠던 것이었어요.

그때, 밖에서 시끄러운 소리가 들렸어요. 그러더니 시종 한 명이 급히 달려와 말했어요.

"폐하, 어서 피하세요. 레어티스가 폭도들을 이끌고 성으로 몰려왔습니다. 성을 에워싼 폭도들이 레어티스를 왕으로 세우자고 소리치고 있습니다."

왕과 왕비가 어쩔 줄을 몰라 우왕좌왕하고 있는데 문이 부서지며 레어티스와 폭도들이 몰려 들어왔어요. 무장한 레어티스는 왕을 노려보며 말했어요.

"비열한 왕! 내 아버지를 내놓아라!"

검을 치켜들고 분노에 찬 목소리로 외치는 레어티스 앞에 왕비가 나서서 말했어요.

"진정해라, 레어티스."

"비키시오! 내가 여기서 진정할 수 있다면 나는 우리 아버지의 아들이 아닐 것이오!"

왕은 자리에서 일어나며 레어티스에게 물었어요.

"레어티스, 도대체 무슨 이유로 폭도들을 이끌고 여기까지 온 것이냐?"

"우리 아버지는 어디 있소?"

왕은 침통한 표정으로 말했어요.

"죽었다."

그러자 왕비가 재빨리 거들며 말했어요.

"하지만 폐하가 하신 일은 아니다."

"그럼 누가 죽인 거요? 반드시 그 놈을 찾아 복수하리다!"

왕은 은근히 레어티스를 부추기며 말했어요.

"아무도 자넬 막을 순 없겠지. 그럼 너는 네 아버지를 죽인 원수가 친구라도 상관없이 복수하겠다는 뜻이냐?"

"그렇소."

"레어티스, 난 네 아버지의 죽음과는 아무 관련이 없다. 오히려 나는 그의 죽음을 마음속 깊이 애도하고 있지."

그때였어요. 레어티스의 뒤에서 소란스러운 소리가 들렸어요. 오필리아가 손에 꽃을 들고 흥얼흥얼 노래를 부르며 춤을

추는 듯한 모습으로 나타난 것이었
어요. 정신이 나간 여동생의 모습에
레어티스는 절망의 늪으로 빠지는
것 같았어요. 그는 오필리아를 바라
보며 외쳤어요.

"오필리아, 하늘에 맹세하오니 내
기필코 너의 원수를 갚아 주마!"

레어티스는 한때는 누구보다 아
름다웠던 여동생의 모습을 보고 목
놓아 울었어요. 그러나 오필리아는
레어티스의 슬픔은 전혀 모르는 듯
여전히 아름다운 눈동자만 깜빡거
릴 뿐이었어요.

괴테가 평한 햄릿은?

문학 작품 속의 주인공이 한 사회나 인
간의 특징을 드러내 주며 실제 존재한
인간보다 더 많은 연구와 평가의 대상
이 되고 또 많은 사람들에게 사랑을 받
은 경우는 극히 드물어요. 하지만 햄릿
은 바로 그런 인물이었어요. 위대한 작
가 괴테도 햄릿에 대한 평을 남겼어요.
괴테는 햄릿을 "훌륭하고 숭고한 가장
도덕적인 인간이지만 영웅적인 기력이
부족하여 스스로 짊어지지도 못하고
던져 버리지도 못하는 무거운 짐을 진
채 거꾸러지고만 인간이다"라고 말했
어요.

"이 꽃은 로즈메리예요. 이건 날 잊지 말라는 뜻이지요."

오필리아는 레어티스에게 꽃을 주었어요. 레어티스는 오필
리아가 아무렇게나 지껄이고 있다고 생각했지만 가슴 아프게
들렸어요.

오필리아는 이번엔 팬지꽃을 주며 말했어요.

"이 팬지꽃은 영원히 생각해 달라는 뜻이에요."

헨리에타 레이, 〈오필리아〉

"오냐, 영원히 널 생각하고 잊지 않으마."

레어티스는 꽃을 받고는 고개를 끄덕이자 오필리아는 생긋 웃더니 노래를 부르며 나가버렸어요. 레어티스는 오필리아의 모습을 더는 볼 수가 없어서 고개를 돌리고 눈물을 닦았어요. 그러고는 왕에게 억울하다는 듯 말했어요.

"어떻게 우리 집안이 이렇게 될 수가 있습니까? 아버지는 투구도, 검도, 문장도 없이 조촐하게 장례를 치르고, 누이동생은 미쳐버리다니요."

"레어티스, 나는 진심으로 너의 슬픔을 나누고 싶단다. 나는 정말로 이 사건과는 아무 연관도 없어. 그러니 너와 내가 힘을 합쳐 너의 원한을 풀어보자꾸나."

"좋습니다. 어서 아버지가 돌아가신 까닭과 초라한 장례식을 치를 수밖에 없었던 이유를 말해 보십시오. 우리 집안을 이 꼴로 만든 원수에게 꼭 복수하겠습니다."

레어티스가 다시 한 번 검을 치켜들며 다짐하자 왕이 말했어요.

"그래, 반드시 복수하거라. 짐이 모든 걸 알려 주겠다."

그 시간, 호레이쇼는 햄릿의 편지를 가지고 온 선원들을 만나고 있었어요. 호레이쇼는 반가운 마음에 편지를 펼쳐 들고 읽기 시작했어요.

호레이쇼

이 편지를 받아 보는 즉시 이 사람들이 바로 왕을 만나 뵐 수 있도록 해 주게. 이 사람들은 왕에게 보내는 편지를 갖고 있네. 우리는 출항한 지 이틀도 못 되어 해적단의 습격을 받았지. 그때 나를 태웠던 배가 도망쳐 버렸고 결국 나 혼자만 포로가 되었다네. 하지만 다행스럽게도 해적들은 나에게 호의를 베풀어서 풀어 주었다네. 급히 할 말이 있으니 자네는 이 편지를 받자마자 즉시 내게로 와 주게. 이 사람들이 안내해 줄 걸세.

자네의 진실한 벗, 햄릿.

편지를 읽은 호레이쇼는 선원들을 왕에게 안내했어요.

그때 왕은 레어티스에게 폴로니어스의 죽음에 관한 모든 사실을 설명하고 있었어요. 레어티스는 왕의 설명을 듣고 잠시 아무 말도 하지 않았어요. 왕이 햄릿을 처벌하지 않은 이유를 알 수 없었던 것이었어요. 왕은 그런 레어티스의 마음을 눈치 채고는 재빨리 말했어요.

"내가 햄릿을 처벌하지 않은 이유는 두 가지가 있네. 먼저 그 애의 어미인 왕비가 그 애를 사랑하기 때문이네. 왕비가 보는 앞에서 햄릿에게 벌을 주어, 짐이 사랑하는 왕비의 마음을 다치게 하고 싶지 않았네. 두 번째 이유는 백성들이 햄릿을 몹시 사랑한다는 것이네."

"그러나 저는 그 때문에 아버지를 잃고 누이동생마저 미쳐 버리게 되었습니다. 저는 원수를 갚을 것입니다."

레어티스는 눈물을 흘리며 다짐했어요. 왕은 그의 등을 두드리며 위로해 주었어요. 햄릿의 편지가 전해진 것은 바로 그때였지요. 영국 땅에서 죽었어야 할 햄릿이 편지를 보내 왔다는 말에 왕은 소스라치게 놀랐어요. 자신의 원수인 햄릿에게서 온 편지라는 말에 레어티스도 눈을 빛냈어요. 왕은 황급히 편지를 뜯어 읽기 시작했어요.

위대하신 폐하께 아룁니다.

저는 혼자 폐하의 영토인 덴마크에 도착했습니다. 내일 폐하를 뵙고자 합니다. 허락해 주신다면 갑자기 돌아오게 된 사연을 아뢰겠습니다.

햄릿 올림.

편지를 다 읽고 난 왕이 말했어요.

"어떻게 살아 돌아왔는지는 몰라도 분명히 햄릿의 필체구나. 레어티스, 햄릿이 어떻게 돌아온 것 같은가?"

"글쎄요. 차라리 잘 된 것 같군요. 정면으로 맞서서 복수할 수 있으니 말입니다."

레어티스는 당장에라도 목을 칠 듯 힘주어 검을 잡았어요. 그러자 왕이 레어티스를 달래며 말했어요.

"기다리게, 레어티스. 짐에게 아주 좋은 생각이 있느니라."

"햄릿을 죽이는 계획이라면 그 계획에 반드시 저를 써 주십시오."

"당연하고말고. 특히 네 재주가 반드시 필요한 계획이지. 너는 검술에 있어서는 천하 으뜸이라고 들었다. 예전부터 햄릿도 그 소문을 듣고는 너와 한번 검술을 겨루어 보고 싶다고 했지. 그것을 잘 이용하면 될 것 같다. 그런데 너는 아버지를 진정으로 사랑했느냐?"

"왜 갑자기 그런 말씀을 하십니까?"

왕은 레어티스의 복수심을 확인하고자 물었어요.

"사람이란 처음 먹었던 마음을 계속 유지하기는 힘든 법이다. 그래서 하는 말이지. 햄릿이 돌아오면 너는 너의 아버지의 아들로서 복수하겠다고 다짐하겠느냐?"

"교회 안에서라도 그를 죽이겠습니다."

레어티스가 단호하게 대답하자 왕은 만족스러운 표정을 지었어요.

"이제 집으로 가서 기다려라. 햄릿이 돌아오면 짐이 네 귀국을 알리겠다. 그러면서 네 검술 솜씨를 칭찬해서 햄릿이 대결에 나설 수 있도록 하겠네. 그때 햄릿에게는 연습용 검을 주고 너에게는 슬쩍 진짜 검을 주겠네. 그렇게 대결하는 척 하다가 너는 햄릿을 찌르기만 하면 되는 것이다."

이 계획이 성공한다면 레어티스의 원한도 해결되며, 또한 햄릿이 대결 중 사고로 죽은 것이라고 생각되어 왕비는 물론 다른 사람들도 햄릿의 죽음에 대해서 비난할 수 없게 되는 것이었어요.

왕의 계략을 들은 레어티스는 생각을 해 보았지만 아무래도 그것만으로는 부족하다는 생각이 들었어요. 그러다가 문득 어느 약장수에게사 두었던 독약을 떠올렸어요. 레어티스는 자신만만하게 나서서 말했어요.

"제게 피부에 슬쩍 닿기만 해도 목숨을 빼앗을 정도로 강한 독약이 있습니다. 그 독약을 검 끝에 바르고 대결을 하면 제 검이 스치기만 해도 그놈은 끝장날 것입니다."

"좋을 대로 하게. 그런데 만약 시합이 무승부로 끝나거나 햄릿이 이길 경우도 생각하여 계획을 세워야 하네. 그래, 격렬하게 싸우다 보면 목이 마를 거야. 그렇게 되면 햄릿은 마실 것을 달라고 하겠지. 그때 나는 그의 승리를 축하하면서 독이 든 잔을 권하겠네. 이렇게 되면 우리의 목적은 완전히

셰익스피어가
햄릿을 탄생시킨 이유?

셰익스피어는 햄릿을 통해 복잡한 인간 내면의 모습을 보여 주고 있어요. 햄릿은 항상 복수를 생각하지만 머릿속에는 삶과 죽음, 정의와 불의, 진실과 거짓 등 너무나 많은 고민을 안고 있느라 정작 행동으로 옮기는 것을 주저해요. 이것은 갖가지 이유와 너무 많은 생각으로 행동하기를 망설이는 보편적인 인간의 모습을 잘 보여 주고 있어요. 또한 정의라는 것은 어떠한 희생을 치르지 않고서는 결코 쉽게 이루어질 수 없다는 것도 말해 주고 있어요. 결국 셰익스피어는 햄릿이라는 인물을 통해 인간은 늘 갖가지 고민으로 고뇌하고 행동하기를 두려워하는 나약한 존재이기도 하지만 결국은 자기의 희생을 치르더라도 정의를 향해 나아가는 존재라는 것을 보여 주려 했던 것은 아닐까요?

성공하는 거네."

그때, 왕비가 울면서 뛰어 들어왔어요.

"오필리아가 물에 빠져 죽었습니다."

왕비의 말에 레어티스가 놀라 물었어요.

"그게 무슨 말입니까? 어디서요?"

"버드나무가 비스듬히 서 있는 강가에서 죽었다 네."

왕비는 눈물을 훔치며 말을 이어갔어요.

"사람들 말로는 그곳에서 각종 꽃을 섞어 만든 이상 한 왕관을 쓰고 나타났다고 하네. 그 애는 꽃으로 만든 왕 관을 버드나무 가지에 걸려고 올라갔지. 그러다가 그만 가지 가 부러져 화관과 함께 강물에 빠졌다는 걸세. 그런데도 그 애 는 인어처럼 물 위에 떠 있는 채 노래를 불렀다는구나. 노래를 부르면서 점점 물속으로 휘말려 들어가더니 결국 죽고 말았 어."

그 말에 충격을 받은 레어티스는 비틀거렸어요. 레어티스가 간신히 벽을 짚으며 밖으로 나가 버리자 왕과 왕비도 얼른 그 의 뒤를 쫓아갔어요.

"내가 저 녀석을 설득하고 달래느라 얼마나 애를 썼는데 다

존 에버렛 밀레이, 〈오필리아〉

쓸모없어졌군. 왕비, 레어티스마저 발작할까봐 두렵소. 빨리
쫓아갑시다.”

　왕은 천연덕스럽게 말했어요.

　며칠 뒤, 오필리아의 장례식이 열렸어요. 장례식에 앞서 공
동묘지에서 일하던 일꾼들이 뒤에서 수군거렸어요.

　“자살한 여자를 기독교식으로 묻을 모양이지?”

　기독교에서 자살을 금지하고 있었기 때문에 당시 사람들은
법칙을 어기고 자살한 사람을 기독교식으로 묻는다는 것을 이

해하지 못했어요.

"만약 죽은 여자가 귀족이 아니었더라도 이런 결정이 내려졌을까?"

일꾼 하나가 손에 묻은 흙을 털며 일어섰어요. 그러고는 술을 사러 가기 위해 느릿느릿 입구를 향해 걸어갔어요. 혼자 남게 된 일꾼은 노래를 부르며 남은 일을 하기 시작했어요. 그는 땅을 파는데 열중하고 있었던 터라 햄릿과 호레이쇼가 다가오는 것도 알지 못했어요.

일꾼이 일하는 모습을 보던 햄릿은 인간이란 허망한 존재라고 생각했어요. 한때는 사람들의 존경을 받거나 부귀영화를 누리던 정치인일 수도, 변호사일 수도 있었지만 이제는 땅속에 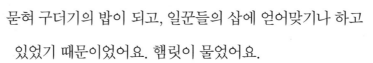 묻혀 구더기의 밥이 되고, 일꾼들의 삽에 얻어맞기나 하고 있었기 때문이었어요. 햄릿이 물었어요.

"누구의 무덤을 파고 있는 건가?"

"전에는 여자였소만 이미 죽었으니 그저 시체일 뿐이지요."

"그런데 자넨 언제부터 이 일을 하고 있는 건가?"

"선왕께서 포틴브라스를 무찌른 날부터요."

"그게 언제인가?"

햄릿이 묻자 일꾼이 한심하다는 듯 버럭 소리를 질렀어요.

외젠 들라크루아, 〈묘지에 있는 햄릿과 호레이쇼〉

"햄릿 왕자님께서 태어나신 날도 모르슈? 영국으로 쫓겨난 햄릿 왕자 말입니다."

"왜 쫓겨났다고 하던가?"

일꾼은 구덩이에서 해골 하나를 집어 올리며 대답했어요.

"미쳤으니까요. 하지만 거기 가면 제정신을 찾겠죠. 아마 무슨 사정이 있는 모양입니다."

"그런데 시체는 무덤 속에서 얼마나 있다가 썩는 것인가?"

"사람마다 다르지요. 어떤 놈은 죽기 전부터 썩은 냄새를 풍기기도 하지요."

일꾼의 대답에 햄릿은 우울한 얼굴로 말했어요.

"알렉산더 대왕도 땅속에서는 이런 꼴이겠지?"

가만히 듣고만 있던 호레이쇼가 대답했어요.

"그럴 테죠."

햄릿은 해골을 집어들었다가 땅에 내려놓으며 말했어요.

"이렇게 냄새가 심하게 나다니! 결국 인간이란 한 줌의 흙이 되어 버리는구나. 알렉산더 대왕도 술통 마개가 되었겠지."

"너무 심한 말씀입니다."

"아니, 내 말이 맞아. 알렉산더 대왕도 결국은 인간이라네. 그래서 죽어 땅속에 묻히고, 흙이 되고, 흙은 진흙이 되고, 결

국에는 술통 마개로 변하는 거
지. 아니야, 벽의 구멍을 막는 바
람막이가 되었을 지도 모르지.
한때는 세상을 호령하던 그가 고
작 흙으로 변해 구멍이나 막는
일을 하다니!"

그때 햄릿의 눈에 장례 행렬이
들어왔어요. 왕과 왕비의 모습도
보였고, 그 뒤에는 레어티스와
대신들 그리고 사제가 있었어요.
햄릿과 호레이쇼는 얼른 몸을 숨
겼어요.

나무 밑에 쭈그리고 앉은 햄릿
이 중얼거렸어요.

귀스타브 모로, 〈오필리아 무덤 속의 햄릿과 레어티스〉

"누구의 장례식이지?"

주위를 둘러보던 햄릿은 레어티스를 발견하고 반가운 마음
에 중얼거렸어요.

"아, 레어티스로군. 참으로 훌륭한 청년이지."

장례식은 화려하지 않았지만 엄숙한 분위기로 치러지고 있

외젠 들라크루아, 〈묘지에 있는 햄릿과 호레이쇼〉

었어요. 땅 속으로 관이 내려가
자 왕비가 꽃과 함께 눈물을 뿌
렸어요. 레어티스는 그 앞에 침
통한 표정으로 있었어요. 레어
티스는 처음부터 장례 절차에
불만이 많았어요. 여동생의 장
례식만큼은 성대하게 치러 주고
싶었는데 자살을 했다는 이유로
사제단이 허락하지 않았던 것이
었어요.

레어티스가 땅속에 내려앉은
관을 보며 울부짖었어요.

"오필리아, 차라리 같이 묻히자꾸나. 너를 이렇게 보낼 순 없
다!"

"오필리아라니!"

숨어서 보고 있던 햄릿은 레어티스의 절규에 깜짝 놀라고
말았어요. 그제야 오필리아의 죽음을 알게 된 햄릿은 눈앞이
캄캄해지는 것을 느꼈어요. 햄릿은 절망감에 괴로워하다 오필
리아의 관이 들어간 구덩이 속으로 뛰어들었어요.

"감히 누구 앞에서 오필리아의 죽음을 슬퍼하느냐? 나는 덴마크의 왕자 햄릿이다!"

햄릿은 관을 열어 오필리아의 시신을 껴안고 울부짖었어요. 이 모습을 본 레어티스는 화가 폭발하여 같이 구덩이 속으로 뛰어 들어갔어요.

"햄릿 이놈, 지옥에나 가라!"

레어티스는 햄릿의 멱살을 잡고 다른 한 손으로는 그를 때리려고 하였어요. 햄릿 역시 레어티스의 멱살을 움켜쥐었어요. 햄릿은 레어티스에게 외쳤어요.

"이것 놔라! 무엄하구나! 지금은 내가 무슨 짓을 할지 모르니 순순히 놓는 게 좋을 거다."

보다 못한 왕이 외쳤어요.

"두 사람을 떼어 놓아라."

신하들이 두 사람을 떼어 놓고 두 사람 모두 구덩이에서 나왔지만 햄릿은 계속해서 외쳤어요.

"나는 누구보다 오필리아를 사랑했다. 그 누구의 사랑을 합쳐도 오필리아에 대한 나의 사랑에는 미치지 못할 것이다."

레어티스는 화가 치밀어 올라 주먹을 쥐고 부르르 떨었어요. 하지만 햄릿의 외침은 계속되었어요.

"말해 봐라, 이놈아. 도대체 네가 뭘 해줄 수 있나. 우는 것? 굶는 것? 옷을 찢는 것? 싸우는 것? 그딴 짓은 나도 할 수 있다! 네 놈이 산 채로 묻히겠다면 나도 그렇게 할 수 있느니라. 나와 오필리아가 함께 묻힌다면 우리의 무덤은 가장 높은 산만큼이나 높을 것이다."

햄릿은 절규를 마친 뒤 묘지 입구 쪽으로 나가 버렸어요. 화가 난 레어티스가 햄릿을 쫓아가려 했지만 왕이 눈짓을 해 보이며 레어티스를 말렸어요. 자신들의 계획을 기억하라는 의미였어요. 우여곡절 끝에 오필리아의 무덤 앞에 기념비를 세우는 것으로 혼란스러웠던 장례식을 마칠 수 있었어요.

햄릿은 궁 안에 돌아와 호레이쇼에게 갑자기 돌아오게 된 사연을 말하고 있었어요.

"영국으로 향하는 배에서 선실을 빠져나와 로즌크랜츠와 길든스턴이 보관하고 있던 편지를 몰래 뜯어 본 순간 나는 왕의 계략이 얼마나도 악독한지 알게 되었다네. 어떤 내용이 적혀 있었는지 알겠나? 글쎄, 내가 도착하는 즉시 내 목을 치라는 것이었지."

"왕이 그런 계획까지 세운 겁니까?"

햄릿은 품에서 왕이 썼던 편지를 꺼내 보여 주었어요. 그리고는 말을 이었어요.

"왕의 비열한 계획을 알게 된 나는 즉시 새로운 편지를 꾸몄다네. 왕의 필체를 흉내내어 두 나라의 사이가 앞으로도 더 발전하길 빈다는 말과 함께 이 편지를 전달한 자들을 사형에 처하라고 적어두었네. 선왕의 도장까지 찍어서 보냈으니 아마 눈치 채지 못할 걸세."

"그러면 편지를 전했던 로즌크랜츠와 길든스턴은 죽겠군요?"

"우정을 버리고 왕에게 달라붙어 나를 죽이려 했으니 당연한 결과라고 보네."

햄릿의 말에 호레이쇼는 고개를 끄덕이고는 분을 참을 수 없다는 듯 말했어요.

"왕으로서 그런 악독한 계획을 꾸미다니!"

"일이 이렇게까지 되었으니 나도 물러날 수가 없다네. 아버지를 죽인 데다가 내 어머니를 더럽히고, 내 자리를 가로챘으며 이유 없이 내 목숨마저 앗아가려 한 그놈을 내 손으로 처치해야 옳지 않겠나?

토머스 로렌스, 〈햄릿 역의 켐블〉

그것도 그렇지만 레어티스에게 사과해야겠어. 여동생을 잃은 슬픔도 클 텐데 내가 너무 흥분해서 이성을 잃은 듯하네."

그때 한 신하가 들어와 햄릿에게 모자를 벗고 인사를 했어요. 햄릿이 인사를 받자 신하가 말했어요.

"괜찮으시다면 지금 폐하의 분부를 전해 드리겠습니다. 이미 아시겠지만 레어티스 님이 귀국하셨습니다. 그분은 풍채도 당당하고 검술 솜씨도 뛰어날 뿐만이 아니라 신사로서 갖춰야 할 모든 자격을 가지고 계시지요."

햄릿은 귀찮다는 표정으로 말했어요.

"그래서 요점이 뭔가?"

"폐하께서는 왕자님과 레어티스 님을 위한 승부를 여셨습니다. 두 분께서 검으로 대결하시는 것이지요. 물론 폐하께서는 왕자님이 이기는 쪽에 걸었습니다."

"마침 운동 시간이라 좋소. 폐하를 위해서라도 꼭 이겨야겠소이다."

신하는 그렇게 전하겠다고 하며 물러갔어요. 호레이쇼는 레어티스의 검술 솜씨에 대해서 익히 알고 있었기에 반대를 했어요.

"왕자님, 이번 승부는 피하는 것이 좋겠습니다. 왠지 불안한 느낌이 듭니다."

"걱정 말게. 죽음이란 지금 오지 않으면 나중에 오는 것이고, 나중에 오지 않으면 지금 오는 것이네. 그러니 항상 마음을 단단히 먹고 있어야 되지. 어차피 죽을 목숨이라면 어떻게 되든 상관없다네."

햄릿은 마치 남 일인 것처럼 말했어요.

얼마 후, 시종이 왕과 왕비의 행차를 알렸어요. 시합을 하게 된 두 사람은 결투에 앞서 왕 앞에 섰어요. 왕이 말했어요.

"햄릿, 이리 와서 서로 악수를 하거라."

왕은 햄릿과 레어티스의 손을 잡고는 악수를 나누게 하였어요.

햄릿이 레어티스를 보며 말했어요.

"레어티스, 용서해 주게. 모든 것이 다 내 잘못이네. 자네도 익히 들어서 알겠지만 내 정신이 오락가락할 때가 많네. 내가 한 짓으로 자네가 상처받았을 거라는 걸 아네. 그러나 어디까지나 내 광기로 인해 일어난 일이지 절대 일부러 그런 것은 아니었네."

"일단 그 마음은 받아들이겠습니다. 왕자님께서 보여 주신 우정도 받아들이지요."

"고맙네. 우리, 깨끗하고 정직하게 시합을 하도록 하세."

그때 시종들도 포도주잔을 들고 나왔어요. 왕은 손에 쥔 진주를 보여 주며 말했어요.

"그 포도주잔을 탁자 위에 놓아라. 승자에게는 이 진주가 담긴 포도주를 선물하겠다. 이 진주는 덴마크 왕의 왕관에 단 진주보다 더 훌륭한 것이다."

왕은 술잔 속에 진주를 떨어뜨리고는 말했어요.

"두 사람에게 검을 주어라."

햄릿이 아무 의심 없이 연습용 검을 잡자 레어티스는 검을 집어 들고는 옆으로 흔들어 보더니 말했어요.

"이건 너무 무겁군. 다른 것은 없느냐?"

그러고는 레어티스는 탁자 옆으로 가서 검을 직접 골랐어요. 끝이 뾰족하고 독이 칠해진 바로 그 검을 집어 들었어요. 레어티스가 검을 잡고 햄릿 앞에 서자, 곧이어 나팔 소리가 울렸어요. 양쪽으로 갈라져 있던 햄릿과 레어티스는 검을 쥔 채 서로를 바라봤어요. 궁 안에는 묘한 긴장감이 돌았어요. 그때, 먼저 햄릿이 소리쳤어요.

"덤벼라!"

레어티스도 검을 들고 햄릿에게 달려들었어요. 하지만 먼저 공격에 성공한 것은 햄릿이었어요. 1회전은 햄릿의 승리로 끝이 났어요.

"하하, 햄릿! 정말 훌륭하구나."

왕은 기뻐하는 척 하며 2회전이 시작되기 전, 시종들에게 술을 따르라고 하고는 독이 든 잔을 햄릿에게 건네며 말했어요.

"햄릿, 이 진주는 너의 것이 될 것이다. 자, 너를 위해 건배를 하자꾸나. 어서 이 잔을 들어라."

그러나 햄릿은 시합을 하고 있던 터라 거절했어요.

"이 승부부터 가리고 마시겠습니다. 술잔은 그 옆에 두십시오."

곧 2회전이 시작되었어요. 이번에도 레어티스는 햄릿의 공격을 당해낼 수가 없었어요. 검을 레어티스에게 겨누며 햄릿은 의기양양하게 말했어요.

"레어티스, 또 내 공격이 먹힌 것 같구나. 인정하느냐?"

"인정합니다."

이 모습을 본 왕비는 흡족한 미소를 지었어요. 왕비는 3회전이 시작되기 전 햄릿에게 다가가 손수건을 꺼내 들었어요.

"햄릿, 이마 좀 닦아라. 이렇게 비 오듯 땀을 흘리다니."

"감사합니다."

왕비는 오랜만에 정신이 멀쩡한 햄릿을 보고는 마음이 놓였어요. 게다가 이렇게 늠름한 모습까지 보여 주니 더할 나위 없이 기뻤어요. 왕비는 웃으며 탁자로 가서 햄릿의 잔을 들며 말했어요.

"햄릿, 너를 위해서 내가 건배하마."

놀란 왕이 외쳤어요.

"왕비, 마시지 마시오!"

하지만 이미 왕비는 독이 든 술을 반쯤 마셔버렸어요. 왕은 어찌할 줄을 몰라 발만 동동 구르고 있었어요. 이대로 가다간 햄릿을 죽이는 것도 실패할 뿐만 아니라 사랑하는 왕비까지 잃게 될 지경이었어요. 왕의 속이 타들어가는 것과는 상관없이 3회전이 시작되었어요.

3회전은 어느 때보다도 치열했어요. 무승부가 난 사이, 햄릿은 잠시 휴식을 취하고 있었어요. 그때였어요. 햄릿이 방심한 틈을 타 레어티스가 달려들었어요. 햄릿이 재빨리 피했지만 레어티스의 예리한 검날이 햄릿을 스치고 말았어요. 햄릿의 팔에서 피가 뚝뚝 흘렀어요.

"레어티스, 어찌 이런 비겁한 행동을 하느냐!"

햄릿은 화가 나 레어티스에게 주먹을 날렸고 서로 싸우는

귀스타브 모로,
〈숙부인 클로디어스를 살해하는 햄릿〉

동안 두 사람도 모르는 사이에 검이 뒤바뀌어 버렸어요. 햄릿은 레어티스를 향해 검을 휘둘렀고 독이 묻은 검은 레어티스의 옷을 찢고 살갗 깊숙이 파고들었어요.

"으윽, 내가 친 덫에 내가 걸렸구나."

뒤늦게 검이 바뀌었다는 사실을 안 레어티스가 탄식했어요. 그때, 왕비가 쓰러졌어요. 놀란 햄릿은 시합을 멈추고 물었어요.

"어머니께서 왜 저러시는 것이냐?"

왕비의 온몸에 독이 퍼져 쓰러진 것이었지만 왕은 자신이 햄릿을 독살하려 했다는 사실을 감추기 위해 거짓말을 했어요.

"너희들이 피까지 흘려가며 싸우는 통에 기절하신 것 같구나."

하지만 왕비는 힘겹게 팔을 들어 올리더니 햄릿을 대신하여 마셨던 술잔을 가리켰어요.

"아니다……. 저 술, 저 술에 독이 들어 있었어."

왕비는 마지막 말을 남기고 숨을 거두고 말았어요. 놀란 햄릿이 시종들에게 명령했어요.

"여봐라, 문을 잠가라! 이 천하에 나쁜 놈을 꼭 잡아야겠다."

이때 몸에 독이 퍼져 주저 앉아있던 레어티스가 간신히 말했어요.

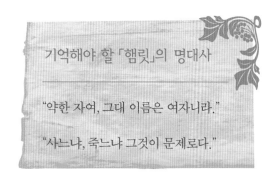

"범인은 이 안에 있습니다. 그리고 왕자님도 곧 죽을 것입니다. 왕자님이 들고 계신 검 끝에는 독이 묻어 있지요. 그 독은 어떤 약으로도 치료할 수 없으며 30분을 넘기지 못할 것입니다. 저의 비열한 음모는 결국 제게 돌아와 버렸으니 누굴 원망하겠습니까? 왕비님께서도 독살되신 것입니다. 그리고 범인은……."

레어티스는 떨리는 손가락으로 정확히 왕을 가리켰어요.

"범인은 폐하이십니다! 바로 저 사람!"

아버지에 이어 어머니마저 왕에 의해 죽게 되었다는 사실이 밝혀지자 햄릿의 복수심은 한순간에 폭발하고 말았어요.

"독이 묻은 검이여, 너의 역할을 다하라!"

햄릿은 왕에게 달려들어 독이 묻은 검으로 왕을 찔렀어요. 놀란 대신들이 우왕좌왕하며 외쳤어요.

"반역이다! 반역이다!"

"날 좀 구해 달라. 난 아직 죽지 않았단 말이다."

왕이 애타게 사람들을 찾았지만 소란스러운 소리에 묻히고 말았어요. 햄릿은 독이 든 잔을 가져와 왕의 입에 억지로 들이부었어요.

"이 살인마! 저주 받을 덴마크 왕아, 이 독주를 마셔라."

왕은 독주를 마시지 않기 위해 발버둥을 쳤으나 햄릿을 당해낼 수는 없었어요. 결국 왕은 두 눈을 부릅뜬 채 죽었어요.

죽어가던 레어티스는 손으로 바닥을 짚고 앉아 말했어요.

"저 독약은 왕이 만든 것입니다. 그러니 마땅히 죽을 사람이 죽은 것입니다. 왕자님, 우리 서로 용서합시다. 저와 아버지의 죽음이 왕자님의 죄가 아닌 것처럼 왕자님의 죽음 또한 저의 죄가 되지 않게 말입니다."

햄릿은 작게 고개를 끄덕였어요. 그 순간 레어티스는 그대로 숨을 거두었어요. 햄릿 역시 죽은 왕과 왕비 옆에 털썩 주저앉으며 말했어요.

"호레이쇼, 내 몸에 독이 퍼지는 것이 느껴지는구나. 아마 곧 죽고 말겠지. 난 다음 왕으로 포틴브라스 2세를 추대하고 싶다. 그리고 자넨 부디 살아남아 나 대신 그간의 사정을 밝혀 주게. 이 비극을 사람들이 오해하지 않도록 말이야."

호레이쇼는 흐느끼며 햄릿의 마지막을 지켰어요. 결국 햄릿도 얼마 가지 않아 숨을 거두었어요. 호레이쇼는 죽은 햄릿의 앞에서 무릎을 끓고 흐느꼈어요.

얼마 후, 포틴브라스 2세가 영국 사절과 함께 현장에 도착했어요. 호레이쇼가 나서서 그들을 맞았어요.

호레이쇼에게 모든 사실을 들은 포틴브라스 2세는 부대장을 불러 햄릿의 시신을 단상에 모시도록 명했어요.

"때를 잘 만나셨다면 훌륭한 왕이 되었을 분이신데! 고귀한 영혼이 사라지고 말았구나. 왕자님, 편히 잠드소서! 대포를 울려 예를 표하라."

병사들이 햄릿의 시신을 단상으로 옮기자 곧 왕자의 죽음을 알리는 대포 소리가 구슬프게 울려 퍼졌어요.

햄릿이 포틴브라스 2세에게 왕위를 물려준 이유?

작품 중에서 햄릿과 가장 비슷한 처지이면서도 가장 대조되는 행동을 하는 인물이 바로 포틴브라스 2세예요. 아버지가 죽임을 당하고 숙부에게 왕위를 빼앗긴 것은 서로 비슷하지만 포틴브라스 2세는 자신의 아버지를 죽인 덴마크의 선왕이 죽자 기다렸다는 듯이 군사들을 모아 덴마크를 공격해 빼앗긴 영토를 찾으려고 해요. 자신의 아버지에 대한 복수와 빼앗긴 영토를 찾으려는 그의 행동은 생각이 많아 머뭇거리는 햄릿의 행동과는 대조를 이루어요. 결국 숙부의 반대로 덴마크를 공격하는 데는 성공하지 못하지만 아주 작은 이유만으로도 폴란드를 공격하러 나서지요. 햄릿은 포틴브라스 2세의 이러한 과감한 행동력을 부러워하며 자신의 머뭇거리는 모습을 부끄러워해요. 이처럼 햄릿이 포틴브라스 2세를 다음 왕으로 선택한 것은 햄릿 자신에게 부족했던 점인 정의를 향한 과감한 용기와 행동을 갖는 것이야말로 왕의 자질에서 가장 중요하다고 여긴 것은 아닐까요?

리어왕

"자, 좋은 것을 가르쳐 드릴 테니 잘 들어 봐요.
알고 있어도 말하지 말고, 마음속에 있는 것을 다 보여 주지 말고,
거짓말만 잘하면 지금보다 훨씬 부자가 될 수 있지요."

영국의 리어왕에게는 세 명의 딸이 있었어요. 큰딸 고네릴과 둘째 딸 리건은 외모가 아름다웠지만 성격이 좋지 못했어요. 하지만 셋째 딸 코델리아는 누구보다 아름다웠고 아주 착했지요. 또, 늘 조용히 행동했으며 항상 말을 아꼈어요. 그래서 리어왕도 코델리아를 '나의 기쁨'이라 부르며 가장 귀여워했어요.

시간이 흘러 늙은 리어왕은 자신의 재산과 권력을 세 딸들에게 물려주기로 결심했어요. 그런데 리어왕은 딸들이 자신을 얼마나 사랑하는지 궁금했어요. 그래서 딸들의 효심을 시험하기 위해 딸들을 불렀어요.

얼마 후 나팔이 울리고 큰사위 올버니 공작, 둘째 사위 콘월 공작이 들어왔어요. 그리고 고네릴과 리건, 코델리아도 뒤따라 들어왔어요.

리어왕은 그들의 얼굴을 하나하나 바라보며 말했어요.

"이제 나도 나이를 먹어 쉴 때가 되었구나. 그래서 내가 가진 것들을 너희에게 주고 싶구나. 오늘 이 자리에서 각각 너희가 가질 몫을 셋으로 나누고, 코델리아의 남편도 정하겠다. 그 전에 너희에게 묻고 싶은 것이 있구나. 너희 중 누가 가장 나를 사랑하지?"

그러자 큰딸 고네릴이 재빨리 눈웃음을 지으며 말했어요.

"아버지를 사랑하는 제 마음을 말로는 표현할 수가 없습니다. 아버지는 보석보다 귀하신 분이고, 자유보다 더 소중한 분이십니다. 저는 이 세상 그 무엇보다 아버지를 사랑합니다. 이 세상의 모든 자식들보다 아버지를 사랑으로 모실 것입니다."

리어왕은 큰딸 고네릴의 말에 감동하였어요. 리어왕은 지도를 펼치고는 넓은 땅을 가리키며 말했어요.

"자, 이 땅을 너의 남편 올버니에게 주리라. 이 땅에는 울창한 숲과 기름진 땅 그리고 물고기가 많이 잡히는 강이 있단다. 또한 넓은 목장도 있으니 풍족하게 살 수 있을 것이다."

이 말을 들은 둘째 딸 리건이 재빨리 앞으로 나왔어요.

"저 역시 언니와 같은 마음으로 아버지를 사랑하고 있습니다. 제가 하고 싶은 말을 언니가 다 해 버렸네요. 그러나 여기서 한마디만 더 보탠다면 저에게 있어 가장 기쁜 일은 아버지를 사랑하는 일이라는 것입니다. 그 어떤 즐거움도 아버지를 사랑하는 것보다 가치가 없습니다."

이번에도 리어왕은 크게 기뻐하였어요. 그래서 리건에게도 넓은 땅을 주었어요. 이제 막내 코델리아의 차례가 되었어요.

리어왕은 코델리아를 제일 예뻐했기 때문에 내심 기대하고 있었어요.

"나의 기쁨, 코델리아야. 너는 이 아비를 얼마나 사랑하느냐?"

그러나 코델리아는 언니들처럼 눈웃음을 짓거나 목소리를 높여 말하지 않았어요. 오히려 아무 표정 없이 대답했지요.

"저는 할 말이 없습니다."

리어왕이 화를 내며 말했어요.

"뭐라고? 할 말이 없다니? 만약 네가 한마디도 하지 않는다면 너는 내게서 아무것도 얻지 못할 것이다. 그러니 다시 한 번 잘 생각해서 말해 보아라. 자, 이 아비를 얼마나 사랑하느냐?"

「리어왕」의 실제 모델

셰익스피어는 고대 브리튼 족의 레어 왕과 엘리자베스 1세 여왕의 궁정 시종이었던 브라이언 애너슬리의 삶을 합쳐 「리어왕」의 모델을 만들어 냈어요. 브라이언 애너슬리는 많은 재산을 지녔는데 나이가 들면서 치매에 걸리고 말았어요. 다행히 세 딸 중 막내 코델이 아버지를 정성껏 보살폈지요. 하지만 맏딸 그레이스는 재산을 모두 빼앗기 위해 아버지를 정신 병원에 입원시켰어요. 다행히도 코델이 아버지의 재산을 지키기 위해 최선을 다하였기에 그레이스는 재산을 빼앗지 못했지요. 덕분에 브라이언 애너슬리는 죽을 때까지 편안한 삶을 살 수 있었어요.

"아버지, 저는 제 마음을 잘 표현하지 못하겠습니다. 아버지를 얼마나 사랑하는지 어떻게 말로 할 수 있겠습니까. 저는 아버지를 사랑하는 것은 딸의 당연한 도리라고 생각합니다."

리어왕은 실망을 넘어서 배신감까지 느꼈어요. 제일 귀여워

윌리엄 힐튼, 〈리어왕과 세 딸들〉

했던 코델리아가 이렇게 말할 줄 몰랐기 때문이에요. 그러나 코델리아는 다시 한 번 담담한 표정을 지으며 말했어요.

"아버지는 저를 낳아 주시고 길러 주셨습니다. 저는 그 은혜의 보답으로 아버지를 사랑하고 모실 것입니다. 그런데 만약 제가 결혼을 하게 된다면 제 사랑의 절반은 남편에게 주어야겠지요. 제가 언니들처럼 오직 아버지만을 사랑한다면 평생 결혼할 수 없을 것입니다."

"그래, 이것이 네 진짜 마음이로구나. 너는 그 정직만을 지참금으로 가져가서 결혼해라. 너는 이 순간부터 내 딸이 아니다! 알겠느냐?"

놀란 신하들이 리어왕을 말리려 하였어요. 그러나 리어왕은 이미 이성을 잃은 뒤였어요.

"끼어들지 마라! 나는 코델리아에게도 많은 땅을 주려고 했다. 저 아이를 진심으로 사랑해서 저 아이와 여생을 보내려고 했지. 그런데 날 이렇게 실망시키다니. 이제 코델리아의 몫이었던 땅도 나를 가장 사랑한다고 말하는 고네릴과 리건에게 줄 것이다. 나라를 통치할 수 있는 권리도 둘에게만 물려주겠다. 나는 왕이라는 명예와 100명의 기사만을 가질 것이며, 한 달씩 번갈아 가면서 고네릴과 리건의 궁에 가서 쉴 것이다.

여봐라! 당장 프랑스 왕과 버건디 공작을 불러라. 오직 정직이라는 지참금만을 가진 코델리아를 두 사람 중 누가 데려갈 것인지 물어보겠다."

그러자 충신 켄트가 다시 한 번 리어왕에게 요청했어요.

"폐하, 코델리아 공주님은 절대 두 공주님들보다 효심이 부족하지 않습니다. 늘 폐하를 사랑으로 바라보던 공주님의 눈빛을 잊으셨습니까. 부디 그 진심을 알아주십시오."

하지만 리어왕은 화가 난 얼굴로 외쳤어요.

"목숨이 두 개가 아니라면 닥치고 있어라!"

그러나 켄트는 두려워하지 않고 말했어요.

"제 목숨은 언제나 폐하의 것입니다. 그러니 죽는 것은 두렵지 않습니다. 하지만 매사에 신중하시던 폐하께서 이런 경솔한 판단을 내리시도록 지켜볼 수는 없습니다."

켄트의 말을 듣고 화가 머리끝까지 난 리어왕이 칼을 뽑았어요. 다른 신하들이 겨우 말려서 켄트는 목숨을 부지할 수 있었어요. 하지만 리어왕은 분이 풀리지 않는지 분노에 찬 목소리로 켄트에게 말했어요.

"나는 그동안 너를 아껴 왔는데, 오히려 너는 버릇없이 굴고 있구나. 고얀 놈! 너에게 닷새를 줄 테니 그동안 내 영토에서 떠나거라. 만약 그 뒤에도 내 나라에서 너의 모습이 발견되면 너를 즉시 죽일 것이다. 당장 나가라!"

할 수 없이 켄트는 리어왕에게 마지막 인사를 하고 물러났어요. 코델리아에게도 작별 인사를 했어요.

"신께서 공주님의 진심을 알고 계십니다. 부디 평안하시기를."

그리고 고네릴과 리건에게도 말을 건넸어요.

"두 공주님의 말씀이 진심이기를 바랍니다."

인사를 마친 켄트가 나가고 코델리아 공주에게 청혼을 했던 프랑스 왕과 버건디 공작이 리어왕 앞에 왔어요. 리어왕은 먼저 버건디 공작에게 물었어요.

"공작께서는 코델리아의 지참금으로 얼마를 원하시오?"

코델리아의 뜻

세익스피어는 셋째 딸의 이름을 왜 '코델리아'라고 지었을까요? 코델리아는 라틴어로 '마음', '정신', '영혼'이란 의미와 함께 '진정한 마음'이라는 뜻을 담고 있어요. 또한 '사자의 심장' 혹은 '사자의 마음'이란 뜻이 있어서 용기가 많은 사람을 뜻한다고도 해요. 영국 서남부의 웨일스 말로는 '바다의 보석' 혹은 '바다의 숙녀'란 뜻도 있어요. 코델리아의 이름에는 어떤 상황에서도 진실하고 거짓 없는 말과 행동을 하는 주인공의 모습과 어울리는 이름을 지으려 했던 세익스피어의 노력을 엿볼 수 있어요.

버건디 공작이 대답했어요.

"이미 왕께서 정하신 몫이면 됩니다. 왕께서는 적지 않은 몫을 준비하셨으리라 믿습니다. 저는 그 이상은 바라지도 않습니다."

"버건디 공작, 나는 코델리아에게 많은 땅을 주려고 했소. 그런데 저 아이가 스스로 그것들을 발로 차 버렸소. 이제 내 딸이

에드윈 오스틴 애비, 〈「리어왕」1막 1 장, 리어왕의 딸들〉

아닌 코델리아가 가진 것이라고는 내 노여움밖에 없소."

버건디 공작은 한 푼도 물려받지 못한 코델리아와는 결혼
할 생각이 없었어요. 그는 코델리아에게 말했어요.

"죄송합니다. 저는 지참금 없이 공주님과 결혼을 할 수가 없
습니다."

코델리아도 재산만 보고 결혼하기를 원하는 남자와는 평생
을 함께하고 싶지 않았어요. 반면, 옆에 서 있던 프랑스 왕은
왜 코델리아가 아무것도 물려받지 못하게 되었는지 물었어요.
코델리아가 차분한 목소리로 말했어요.

"제가 아버지의 사랑을 잃은 것은 저에게 아부하는 혀가 없
기 때문입니다. 하지만 저는 후회하지 않습니다."

모든 상황을 이해한 프랑스 왕은 코델리아의 지혜와 마음씨

에 감동을 받았어요. 그런 고운 마음씨를 가진 코델리아라면 결혼해도 상관없었어요.

"당신은 아무것도 가지지 못했지만 가장 많은 것을 가지고 있군요. 비록 당신은 버림받았지만 가장 소중한 분입니다. 지금 저는 누구보다 당신을 사랑하게 됐습니다. 그러니 나의 아내이자 프랑스 왕비 그리고 프랑스 국민의 어머니가 되어 주십시오."

코델리아는 기쁜 얼굴로 프랑스 왕의 손을 잡아 주었어요. 이 모습을 본 리어왕은 한마디도 하지 않은 채 침실로 들어가 버렸어요.

코델리아는 눈물을 흘리며 고네릴과 리건에게 말했어요.

"언니들이 말한 대로 아버지를 잘 모셔 주세요. 언니들이 한 말들이 전부 진심이라고 믿고 싶어요."

그러자 고네릴과 리건이 날카로운 눈빛으로 한마디씩 말했어요.

"이제부터 아버지는 우리가 알아서 할 테니 넌 신경 쓰지 말고 네 남편에게나 잘하렴. 불쌍한 너를 거두어 준 분이니까."

"우리를 탓하지는 마렴. 이게 다 네 효심이 부족한 거니까 말이야."

코델리아는 언니들의 말을 듣고 더욱 아버지가 걱정스러웠
지만 눈물을 흘리며 프랑스 왕을 따라 궁을 떠날 수밖에 없었
지요.

고네릴과 리건은 앞으로의 일에 대해서 이야기를 나누
었어요.

"아버지도 늙으셨는지 제정신이 아닌 것 같아. 그렇지
않고서야 그렇게 아끼던 코델리아와 켄트를 내쫓았겠어?"

"무슨 방법을 생각해야겠어. 멍하니 있다가는 우리도 무사
하지 못할 거야."

고네릴과 리건은 서로를 바라보며 고개를 끄덕였어요.

한편, 리어왕의 신하 중에는 글로스터 백작이 있었어요. 글
로스터 백작에게는 첫째 부인에게서 얻은 아들 에드거와 서자
인 에드먼드가 있었어요. 에드먼드는 천한 자식으로 태어났다
고 손가락질을 받는 자신의 처지가 너무 싫었어요. 당연히 에
드먼드의 눈에 첫째 아들이자 모든 재산을 물려받을 형 에드거
가 좋게 보일 리가 없었어요.

'첫째 부인에게서 얻은 아들이라고 모든 행복을 다 가져가다

니, 이건 정말 불공평해. 내가 에드거의 모든 것을 빼앗고 말겠어!'

에드먼드는 가짜 편지를 만들어 에드거가 아버지인 글로스터 백작의 목숨을 노리는 것처럼 보이게 했어요. 에드먼드의 계략에 속은 글로스터 백작은 길길이 날뛰며 에드거를 죽이려 했고 에드거는 도망칠 수밖에 없었어요. 글로스터 백작은 아들이 자신의 목숨을 노렸다는 사실에 분노하며 리건과 콘월 공작을 찾아가 하소연했어요.

"리건 공주님, 콘월 공작님. 설마 제가 자식에게 배신을 당할 줄은 꿈에도 생각 못했습니다. 믿었던 에드거가 나를 죽이려 했다니!"

자초지종을 들은 콘월 공작은 깜짝 놀라며 말했어요.

"정말로 그 착실한 에드거가 그랬단 말이오? 믿을 수 없군!

영국의 공주와 프랑스의 왕이 어떻게 결혼할 수 있을까?

중세 시대 유럽에서는 한 국가가 강력한 힘을 가지지 못했어요. 또한 각 나라도 경쟁 관계에 있는 나라의 힘이 커지지 못하게 결혼이라는 방법을 택했어요. 중세 유럽에서는 여자도 재산을 물려받을 수 있었고, 누구도 그것을 빼앗을 수가 없었어요. 그래서 왕실 여인과 결혼해 그 여인이 결혼 지참금으로 땅을 가져오면 자연스럽게 땅을 늘릴 수 있었어요. 이렇게 결혼으로 세력을 키우기도 했는데, 프랑스의 루이 7세는 이런 식으로 땅을 두 배나 늘렸어요. 즉, 결혼이 하나의 외교였던 셈이지요. 하지만 이러한 국제결혼은 좋지 않은 결과를 가져오기도 했어요. 나라 간의 결혼이 잦아지면서 영국 왕이 프랑스 왕이 되는 경우도 있었으며, 한 나라의 왕위 계승 문제에 다른 나라가 끼어들어 전쟁을 벌이기도 했어요.

그나저나 이번에 둘째 아들인 에드먼드가 글로스터 백작에게
효자 노릇을 톡톡히 했다고 들었소만."

콘월 공작의 말에 글로스터 백작은 자랑스럽게 에드먼드를
앞세워 말했어요.

"예, 그렇습니다. 에드먼드 이 아이가 에드거의 못된 음모를
알려 주었습니다."

"장하구나, 에드먼드. 너야말로 믿을 수 있는 부하로군. 앞으
로 이 콘월의 부하가 되어 힘이 되어 주거라."

모든 일이 에드먼드의 계략인 걸 모르는 글로스터 백작은
둘째 아들을 자랑스러워했고, 모두가 인정하는 가운데 에드먼
드는 콘월 공작의 신임을 받게 되었어요.

한편, 쫓겨난 에드거는 언제 잡혀갈지 몰라 거지 흉내를 내
며 이곳저곳을 떠돌아다닐 수밖에 없었어요.

코델리아를 쫓아낸 리어왕은 모든 재산을 두 딸에게 주고
첫째 딸인 고네릴의 집에 머무르고 있었어요.

어느 날, 고네릴의 집사 오스왈드가 울상을 지으며 말했어요.

"고네릴 공주님, 리어왕께서 절 마구 때리시지 뭡니까? 아마

톰킨스 H. 매티슨, 〈리어왕〉

도 저번에 공주님께서 왕의 광대를 나무랐다고 저를 때린 것
같습니다."

이 말을 들은 고네릴은 얼굴을 찡그렸어요.

"뭐라고? 고작 그것 때문에 너를 때렸다는 말이냐? 아버지가
점점 포악해지시고 있구나. 별것도 아닌 일에 화를 내고 있으
니까 말이야. 이제 늙으셨고, 권력과 재산도 우리들에게 나눠
주셨으면 조용히 물러나야 되는 거 아니겠어? 언제까지 노인

네 비위나 맞춰야 되는 거야? 정말 더 이상 참을 수 없어. 오스
왈드, 아버지의 기사들에게도 친절하게 대할 필요 없어. 불만
이 생기면 동생네 집으로 가시겠지. 나는 동생에게 편지를 써
서 내 생각을 알려야겠어. 그리고 아버지가 사냥에서 돌아오
셔도 나는 인사를 하지 않을 거야. 만약 아버지가 나를 찾으시
거든 아프다고 해. 난 절대 아버지를 만나지 않겠어."

얼마 후, 사냥을 끝내고 성으로 들어가려는 리어왕 앞에 어
떤 남자가 앞을 가로막았어요.

리어왕은 불쾌하다는 듯한 얼굴로 물었어요.

"너는 누구기에 왕의 행차를 막는 것이냐?"

"저로 말할 것 같으면, 저를 믿어주는 분께는 충성을 다하고,
정직한 분을 사랑하며, 현명한 자들을 골라가며 사귀는 사람
입니다. 그리고 신의 벌을 두려워할 줄 알아 솔직하게 살
려고 하며, 점잖지만 부득이한 경우에는 싸움도 하는 순수
한 종입니다."

그 낯선 남자는 리어왕에게 쫓겨난 충신 켄트였어요. 켄트
가 변장한 채 리어왕 앞에 나타난 거예요. 이 사실은 모르는 리
어왕은 재치 넘치는 남자의 말에 호기심이 생겼어요.

"말 하나는 잘하는구나. 그래, 할 줄 아는 것이 있느냐?"

"보통 사람들이 하는 일은 다 할 수 있습니다. 무엇보다 저는 비밀을 지키는 사람입니다."

"좋다. 너를 부하로 삼지."

리어왕은 변장한 켄트를 데리고 고네릴의 성으로 들어갔어요. 리어왕이 성안에 들어섰는데도 주위는 조용했고 아무도 나와서 반겨 주지 않았어요. 이상하게 생각한 리어왕은 오스왈드를 불러 고네릴을 데려오라고 시켰어요. 하지만 한참이 지나도 소식이 없자 리어왕은 화가 나서 말했어요.

"고네릴은 어디에 있기에 아버지가 왔는데도 머리카락 하나 안 보이는 것이냐?"

하지만 고네릴은 방 안에서 나올 생각을 하지 않았어요. 하인들 역시 리어왕을 본체만체했어요. 리어왕의 신하가 고개를 갸우뚱하며 말했어요.

"폐하, 하인들부터 공작 부인들까지, 사람들의 태도가 모두 이상해졌습니다. 모두들 저희 말을 듣는 척도 하지 않습니다."

"믿었던 첫째 딸이 어떻게 내게 이럴 수 있는 것이냐!"

리어왕은 자신에게 사랑한다고 말할 때와 달라진 고네릴에게 실망했어요. 그때 오스왈드가 리어왕 앞에 나타났어요. 리어왕은 혼자 나타난 오스왈드를 보고 화가 나서 호통을 쳤어요.

"내가 몇 번이나 고네릴을 데리고 오라고 하지 않았느냐! 도대체 넌 내가 누구라고 생각하기에 내 명령을 듣지 않는 것이냐?"

그러자 오스왈드는 전혀 당황한 기색도 없이 건방진 말투로 대꾸했어요.

"고네릴 공주님의 아버지이시죠."

오스왈드의 건방진 태도에 리어왕은 참지 못하고 오스왈드의 얼굴을 주먹으로 때렸어요. 바닥에 쓰러진 오스왈드는 씩씩대며 리어왕을 노려보았어요. 그 모습을 보고 켄트가 나서서 호통쳤어요.

"이 천한 놈이 감히 누구 앞에서 추태를 보이느냐! 당장 꺼져라!"

켄트의 호통에 겁을 먹은 오스왈드는 도망갔어요. 리어왕은 그런 켄트가 믿음직했어요.

그때 리어왕의 광대가 나타났어요. 이 광경을 지켜보고 있던 광대는 리어왕의 옆에 있는 켄트에게 다가가 왕을 비꼬는 듯이 말했어요.

"안됐네요. 당신은 이제 곧 바람 부는 대로 날리는 신세가 될 거예요. 당신이 지금 모시는 저분은 마음에 없는 말만 하는 두 딸에게는 땅과 권력을 주고 진실한 셋째 딸은 내쫓은 분이잖아요?"

"말조심해라!"

리어왕이 소리쳤지만 광대는 듣는 척도 하지 않고 계속해서 말을 이어갔어요.

"충실한 개는 개집으로 쫓겨나고 아부만 하는 두 마리 암캐만 따뜻한 집 안에 남아 냄새를 풍기네요."

광대의 말을 들은 리어왕은 쫓아낸 셋째 딸이 생각나 마음이 아팠어요. 하지만 리어왕이 괴로워하든 말든 광대는 주절주절 떠들어 댔어요.

"자, 좋은 것을 가르쳐 드릴 테니 잘 들어 봐요. 알고 있어도 말하지 말고, 마음속에 있는 것을 다 보여 주지 말고, 거짓말만 잘하면 지금보다 훨씬 부자가 될 수 있지요."

리어왕이 얼굴을 찌푸렸어요.

「리어왕」에서 광대의 존재는 어떤 의미일까?

옛날 광대들은 바보 같은 행동을 하고, 말장난을 하는 사람들이었어요. 하지만 단지 광대들이 우스꽝스러운 행동만 했다고 사람들이 좋아한 것은 아니었어요. 그들의 말과 행동 속에는 당시의 지배층과 사회의 모순 등에 대한 비판이 들어 있었고, 백성들의 고단한 삶을 대변해 주었기 때문이에요. 그래도 자신을 낮추고 바보처럼 연극을 했기에 누구도 뭐라고 할 수 없었어요. 이러한 광대의 역할은 소설에서도 아주 중요해요. 재미를 줄 뿐만 아니라 상대의 신분이 높든 낮든 자신들이 하고 싶은 말을 할 수 있기 때문이지요. 또한 밋밋하게 흐르고 있던 사건을 갑자기 반전시켜 주기도 해요. 「리어왕」에 나오는 광대도 말장난만 치는 것 같지만 예리한 통찰력을 지녔어요. 그는 리어왕의 어리석음을 끄집어내기도 하고 때론 리어왕의 마음을 대신해서 드러내 주어요.

"밥맛없는 광대로군."

"그렇지만 바보 같지는 않습니다."

켄트가 말했어요. 광대는 리어왕이 이맛살을 찌푸려도 아랑

곳하지 않고 리어왕에게 계속 말했어요.

"어떻게 그런 멍청한 짓을 할 수가 있죠? 달콤한 말에 속아
가진 가진 것을 모두 내어놓다니. 당신이 저지른 행동은 타고
다녀야 할 당나귀를 업은 채 진흙길을 걷는 것과 똑같은 것이
지요. 전 당신처럼 되기는 싫어요. 아, 저기 당신이 기다리시던

분이 나오시네요."

광대가 가리키는 쪽을 보니 첫째 딸 고네릴이 다가오고 있
었어요. 고네릴은 인상을 잔뜩 찌푸린 채 리어왕 앞에 나타났
어요. 리어왕은 고네릴을 보자마자 꾸짖으며 말했어요.

"도대체 넌 무슨 일이 있기에 내가 돌아왔는데 이제야 나타
난 것이냐?"

그러나 고네릴은 대꾸도 하지 않고 고개를 돌려 버렸어요.
이것을 보던 광대가 또 말했어요.

"아아, 딸이 인상을 찡그리든 웃든 상관하지 않던 시절이 좋
았죠. 당신보다 내가 나아요. 나는 바보에다가 광대이지만 당
신은 아무것도 아니니까요."

고네릴은 더욱 인상을 쓰며 리어왕에게 말했어요.

"아버지, 제발 저 버릇없는 광대의 입 좀 닥치라고 하세요. 아버지의 광대나 기사들은 모두 예의가 없고, 난폭해서 참을 수가 없어요. 그리고 요즘 아버지는 늙어서인지 몰라도 말과 행동이 이상해지셨어요. 제발 왕답게 행동하세요. 그래야 아버지의 기사들과 시종들도 예의를 지키지요. 저 무례한 것들 때문에 궁이 싸구려 여관으로 변해 버렸어요. 아버지가 저들을 바꾸지 못한다면 제가 저들의 수를 줄일 수밖에 없겠네요."

리어왕은 어이가 없었어요. 눈앞에 있는 딸이 자신의 딸이 맞는지 의심이 될 정도였어요. 이 모습을 본 광대가 또 비꼬며 말했어요.

리어왕을 깨우치게 하는 광대의 말

광대는 항상 리어왕의 옆에서 그의 어리석음을 꼬집어 줘요. "충실한 개는 개집으로 쫓겨나고 아부만 하는 두 마리 암캐만 따뜻한 집안에 남아 냄새를 풍기네요", "아버지가 돈주머니를 차고 있으면 모두 효자이지만 아버지가 누더기를 걸치면 모두 모른 척하지요"는 두 딸의 말에 속아서 재산을 나누어 준 리어왕을 비판하는 대사예요. 또한 광대는 "참새가 뻐꾸기를 키우면 그 뻐꾸기는 자라서 참새를 먹어 버리지"라며 불효하는 두 딸을 비꼬아 리어왕을 놀리고 있어요. 뿐만 아니라 달콤한 말에 속아 넘어간 리어왕을 답답하게 여기지요. 결국 리어왕이 모든 것을 잃고 몰락하자 광대는 "달콤한 말에 속아 가진 모든 것을 내어놓다니. 당신이 저지른 행동은 타고 다녀야 할 당나귀를 업은 채 진흙길을 걷는 것과 똑같은 것이지요"라며 왕을 속인 두 딸을 탓할 것이 아니라 자신의 어리석음을 탓하라고 말해요. 이렇듯 광대의 대사 하나하나에는 깊은 뜻이 담겨 있어요.

"참새가 뻐꾸기를 키우면 그 뻐꾸기는 자라서 참새를 먹어 버리지."

이때, 뒤늦게 돌아온 올버니 공작이 화가 난 리어왕을 보고 어리둥절하였어요.

"폐하, 일단 고정하십시오. 대체 무슨 일이십니까?"

하지만 리어왕은 냉정하게 변한 딸의 태도에 분노를 참을 길이 없었어요. 리어왕은 참다못해 소리를 지르며 말했어요.

"내게 딸이 너밖에 없는 줄 아느냐? 착하고 귀여운 둘째 딸 리건은 나를 친절히 받아 줄 거야. 여봐라, 말을 준비하여라. 당장 리건의 성으로 가자꾸나."

그래도 화가 풀리지 않은 리어왕이 고네릴을 향해 소리를 질렀어요.

"나에게 몹쓸 짓을 한 네 얼굴을 리건이 할퀴어 줄 것이다. 나 또한 네게 저주를 내리겠느니라. 너는 아이를 낳지 못할 것이며, 아이를 낳는다고 해도 너에게 불효나 할 것이다. 이 저주가 너를 끝까지 쫓아가서 불행의 끝을 맛보게 할 것을 기억해라. 자, 가자!"

리어왕이 밖으로 나가자 광대와 기사, 시종들도 뒤따라 나갔어요. 올버니 공작이 고네릴에게 물었어요.

"폐하께서 저렇게 화를 내시는 이유가 무엇이오?"

고네릴은 표정 하나 바뀌지 않은 채 말했어요.

"정신이 나간 모양이에요."

올버니 공작은 못마땅한 얼굴로 고네릴에게 말했어요.

"당신은 나의 소중한 아내요. 하지만 늙은 아버지를 저렇게 내보내는 것은 옳지 못한 일 같소."

그러나 고네릴은 올버니 공작의 말을 흘려들었어요. 그러고는 리건에게 편지를 썼어요. 편지에 100명이나 되는 시종과 기사를 성에 두는 것은 신경이 많이 쓰이는 일일 뿐만 아니라 위험할 수 있다는 충고와 함께 아버지가 자신에게 저주를 퍼부은 것도 적었어요.

고네릴은 오스왈드에게 편지를 건네며 말했어요.

"이 편지가 아버지보다 먼저 리건의 성에 도착하도록 해 주게."

이 모습을 보고 있던 올버니 공작은 못마땅했지만 일단은 상황을 지켜보기로 하였어요.

한편, 리어왕도 고네릴의 성을 떠나 리건의 성으로 가겠다는 편지를 썼어요. 그리고 켄트에게 편지를 주었지요.

"어서 이 편지를 리건에게 전달하게나."

광대는 리어왕의 옆에서 간죽거렸어요.

"두 딸이 능금과 사과처럼 비슷한데 대체 무엇을 기대하세요? 달팽이는 왜 등 위에 집을 가지고 다니는 줄 알아요? 그건 머리 위에 붙은 자기 뿔을 넣기 위해서라네요. 자식들에게 주지 않고 자기 머리 위에 꾹 붙여 놓으려고요."

그러나 리어왕은 광대의 말이 들리지 않았어요. 리어왕은 고네릴에 대한 욕을 하며 말을 타고는 성을 빠져나와 리건의 성으로 향했어요.

리건의 성에 도착한 오스왈드는 성 앞에서 말을 매지 못한 채 허둥대고 있었어요. 그때, 리어왕의 편지를 가지고 온 켄트가 그 모습을 우연히 보게 되었어요. 켄트는 오스왈드의 얼굴을 보자 다시 화가 났어요. 켄트는 다짜고짜 오스왈드를 향해 마구 욕을 했어요.

"이 못된 놈 같으니! 아부만 해 대면서 리어왕께 무례하게 굴던 놈 아니냐?"

오스왈드는 켄트를 알아보지 못했기 때문에 처음 본 사람이 자신에게 대뜸 욕을 하자 깜짝 놀랐어요.

"너는 참으로 괘씸하구나. 어떻게 생판 처음 보는 사람한테 욕을 하느냐?"

"오스왈드 이놈, 이틀 전에 만난 나를 기억하지 못하겠느냐!"

"기억났다. 늙어 빠진 리어왕의 부하로구나. 비켜라. 난 너 따위와 상대할 시간이 없다."

오스왈드가 비아냥거리며 다시 말을 매려 하자, 분을 참지 못한 켄트가 칼을 뽑아 들었어요. 그것을 보고 놀란 오스왈드가 비명을 지르자 리건과 리건의 남편 콘월 공작 그리고 글로스터 백작이 뛰쳐나왔어요.

"도대체 무슨 일이냐?"

리건의 남편인 콘월 공작이 묻자 오스왈드가 억울하다는 듯이 말했어요.

"콘월 공작님, 저는 아무 잘못도 없습니다. 며칠 전, 저놈이 폐하의 비위를 맞추려고 저를 괴롭혔지 뭡니까? 그리고 저놈

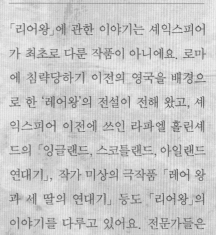

「리어왕」에 관한 작품은 세익스피어가 최초로 썼을까?

「리어왕」에 관한 이야기는 세익스피어가 최초로 다룬 작품이 아니에요. 로마에 침략당하기 이전의 영국을 배경으로 한 '레어왕'의 전설이 전해 왔고, 세익스피어 이전에 쓰인 라파엘 홀린셰드의 「잉글랜드, 스코틀랜드, 아일랜드 연대기」, 작가 미상의 극작품 「레어 왕과 세 딸의 연대기」 등도 「리어왕」의 이야기를 다루고 있어요. 전문가들은 이러한 전설과 작품을 기초로 해서 세익스피어가 새로운 「리어왕」을 탄생시켰다고 해요.

은 폐하에게 칭찬을 받았지요. 그 후부터 자기가 영웅이라도 되는 듯이 우쭐거리더니 오늘 저를 보고는 또 칼을 뽑은 겁니다. 저는 정말 억울합니다. 이 편지를 읽어 보시지요."

오스왈드는 리건에게 고네릴이 준 편지를 건넸어요. 리건은 고네릴이 준 편지를 읽고 시종들을 시켜 켄트에게 족쇄를 채우라고 명령했어요. 그러자 옆에 있던 글로스터 백작이 이를 말렸어요.

"리건 공주님, 그러지 마십시오. 아무리 죄를 지었어도 이자는 폐하의 심부름을 하는 사람입니다. 폐하께서 이 사실을 아시면 몹시 화를 내실 것입니다."

"아버지의 하인이니까 그러는 거예요. 분명 저자는 언니의 편지에 적힌 말처럼 우리 성에 해가 될 거예요. 글로스터 백작, 저 사람에게 족쇄를 채워 당신의 성에 가둬 두세요."

리건과 콘월 공작은 아랑곳하지 않고 빨리 족쇄를 채우라고 재촉했어요. 결국 글로스터 백작은 어쩔 수 없이 켄트에게 족쇄를 채우며 속삭였어요.

"두 분의 뜻이 완고하니 어쩔 수 없구려. 그러나 내가 기회를 봐서 다시 한 번 용서해 달라고 부탁하겠네."

"걱정 마십시오. 착한 사람이라도 불행을 겪을 때가 있는 법입니다."

켄트는 결국 족쇄에 묶인 채 하룻밤을 지새웠어요.

다음 날 아침, 리건의 성에 도착한 리어왕은 성안에 아무도 없다는 걸 알고 이상하게 여기며 가까이에 있는 글로스터 백작의 성으로 향했어요. 그곳에는 족쇄를 찬 켄트가 있었어요. 리어왕이 기가 막혀 물었어요.

"누가 감히 왕의 심부름꾼에게 족쇄를 채웠느냐?"

"폐하의 둘째 따님과 사위지요."

리어왕은 또 한 번 절망에 빠졌어요. 리어왕은 한숨을 푹 쉬고는 켄트에게 물었어요.

"그런데 도대체 왜 리건은 자신의 성에 있지 않고 글로스터 백작의 성에 있는 것이냐?"

"리건 공주님이 고네릴 공주님의 편지를 받자마자 이곳으로 왔습니다. 아무래도 폐하를 만나지 않으려고 피하는 것 같습니다."

그리고 켄트는 어젯밤에 있었던 일들을 모두 털어놓았어요. 리어왕은 화가 나서 얼굴이 벌개졌어요. 옆에서 그것을 지켜보던 광대가 다시 떠들기 시작했어요.

"아버지가 돈주머니를 차고 있으면 모두 효자이지만 아버지가 누더기를 걸치면 모두 모른 척하지요."

리어왕은 화를 참지 못하고 글로스터 백작을 시켜 리건과 콘월 공작을 불러오라고 했어요. 하지만 몇 번이나 아프다는 핑계를 대고 리건은 리어왕을 만나려 하지 않았어요. 리어왕은 불같이 화를 내며 글로스터 백작에게 다시 명령했어요.

"지금 당장 내 앞으로 리건과 콘월을 데려와라. 국왕의 명령이다! 만일 오지 않으면 북을 쳐서라도 깨워 올 것이야!"

한참 후에야 리건과 콘월 공작이 리어왕 앞에 나타났어요. 콘월 부부는 억지로 고개를 숙이며 인사를 했어요. 리건은 못마땅한 얼굴로 물었어요.

"아버지, 무슨 일로 오신 거예요?"

리어왕은 리건에게 고네릴의 성에서 당했던 일을 모두 말했어요. 하지만 리건은 이미 고네릴의 편지를 읽은 후였고 고네릴의 편이었어요. 리건은 아무것도 아니라는 듯 리어왕에게 말했어요.

"제발 좀 진정하세요. 언니가 그렇게 한 데에는 다 이유가 있겠지요. 제가 볼 땐 아버지가 너무 늙으셔서 그런 것 같아요.

늙은 사람들은 젊은 사람들의 말을 들어야 해요. 어서 언니에게 가서 잘못했다고 말하세요."

리어왕은 기가 막혔어요.

"내가 고네릴에게 돌아가 빌란 말이냐? 전 이제 늙었으니 자비로운 공주님께서 옷과 잠자리 그리고 먹을 것을 주세요, 라고 말하란 말이더냐?"

"어휴, 재미없는 장난은 그만하시고 언니에게나 가세요."

"난 절대 가지 않을 것이다. 네 언니는 내 부하들을 욕한 것도 모자라 나에게 험한 말을 하며 노려보기까지 했어."

그리고 리어왕은 하늘을 향해 기도했어요.

"하늘이시여, 고네릴의 자식들을 모두 절름발이로 만들어 주소서!"

원래 「리어왕」은 해피엔딩이었다?

셰익스피어 이전의 '레어왕' 이야기는 왕이 딸의 도움으로 왕국을 되찾는 행복한 결말을 맞이해요. 하지만 셰익스피어의 「리어왕」에서는 리어왕과 글로스터가 몰락한다는 이야기로 완전히 바뀌었어요. 하지만 당시 사람들은 셰익스피어의 「리어왕」에 나오는 치매 걸린 왕이나 착한 코델리아가 죽는 비극을 별로 좋아하지 않았어요. 그래서 1681년 네엄 테이트는 코델리아와 에드거를 결혼시키고, 리어왕도 왕권을 회복하는 것으로 작품을 수정하였어요. 무려 150년 동안 사람들은 해피엔딩으로 끝나는 「리어왕」을 보고 좋아했지요. 그 후 1838년이 되어서야 윌리엄 멕레디에 의해 셰익스피어가 쓴 비극적 결말로 제 모습을 찾았어요.

리어왕의 저주에 리건과 콘월 공작은 소름이 돋았어요. 리어왕이 화가 나면 자신들에게도 그 저주를 퍼부을 것이라 생각했기 때문이었어요. 그때 고네릴이 글로스터 백작의 성에 도착했어요. 리건은 고네릴을 노려보는 리어왕을 무시한 채 언니에게 달려가 손을 잡았어요. 이 모습에 리어왕은 더욱 화가 났어요.

"리건, 네가 저 고약한 애의 손을 잡다니!"

고네릴이 리어왕을 쏘아보며 대들었어요.

"제가 무슨 잘못이 있기에 제 손을 잡지 말라는 거예요?"

"너는 아직도 네 죄를 모르는구나! 그런데 내 하인에게 족쇄를 채운 자는 누구냐?"

그러자 콘월 공작이 당당하게 말했어요.

"제가 그랬습니다. 저자의 행동이 하도 소란스러워서 족쇄를 채웠습니다."

"뭐? 자네가 그랬다고?"

리어왕이 콘월에게 화를 내려는 순간 리건이 끼어들었어요.

"아버지, 제발 진정하시고 언니와 함께 돌아가세요. 그리고 한 달 뒤에나 저에게 오세요."

"고네릴에게 돌아가느니 들에서 사는 걸 택하겠다. 아니, 코델리아와 결혼한 프랑스 왕에게 가서 노예 짓을 하는 게 더 낫겠지."

그러자 고네릴이 어깨를 으쓱이며 대꾸했어요.

"그럼 그렇게 하세요."

"고네릴, 제발 날 미치게 만들지 마라. 다신 너를 보지 않을 것이야. 다만 아비로서 마지막 충고를 하니 마음을 좋게 써라. 난 그냥 100명의 기사를 데리고 리건과 함께 살 것이니 그리 알아라."

리어왕의 말에 리건이 펄쩍 뛰었어요.

"안 돼요. 저는 아직 아버지를 모실 준비가 되어 있지 않아요. 그러니 제발 언니와 함께 돌아가세요. 이럴 땐 노인이 참아야지 별 수 있나요?"

리어왕은 체념하듯이 말했어요.

"진심으로 하는 말이냐?"

"물론 진심이죠. 아버지의 기사가 100명이나 된다고요? 너무 많아요. 시종은 50명이면 충분하지 않나요? 아니, 50명도 너무 많네요. 시종 25명이면 충분히 아버지가 만족하실 정도로 모실 수 있을 거예요."

리어왕은 리건의 태도에 허탈해졌어요.

"차라리 고네릴에 가는 게 낫겠구나. 50명을 데리고 고네릴에게 가겠다."

리어왕의 말에 고네릴이 급히 말했어요.

"생각해 보니 열 명이 좋겠네요. 아니, 다섯 명이요. 그것보다 아버지께 기사나 시종 따위가 왜 필요한 거지요? 저희에게도 아버지의 시중을 들 하인들은 충분히 있어요. 아버지의 시종까지 두면 비용도 많이 들고 위험도 커져요. 무엇보다 한 집에 두 주인을 섬기는 시종들이 평화롭게 지낼 리가 없잖아요?"

그러자 리건도 옆에서 거들었어요.

"맞아요. 시종은 한 사람도 필요 없죠."

리어왕은 더 이상 딸의 말에 대꾸하지 않았어요. 두 딸들의 마음을 이제야 알게 된 리어왕은 이를 갈며 말했어요.

"다 그만두자. 이제 나에게 필요한 것은 인내뿐이구나. 이 마녀 같은 것들, 내가 반드시 너희에게 복수를 할 것이다. 너희는 내가 불행해지기를 바라겠지만 난 절대 쓰러지지 않을 것이다. 내가 꼭 너희에게 복수하고 말 것이다."

성 밖에는 바람이 심하게 불고 있었으며 번개도 쳤어요. 이제 곧 폭풍우가 올 것 같았어요. 하지만 리어왕은 폭풍우가 치는 밤에 말을 타고 나가 버렸어요. 그 뒤를 켄트와 광대가 뒤

따랐어요. 리어왕은 딸들에게 쫓겨난 것이나 마찬가지였어요.

고네릴이 말했어요.

"아버지는 고생을 하셔야 제정신으로 돌아올 것 같네요. 곧 폭풍우가 올 것 같으니 그만 문이나 잠그세요."

아무도 리어왕을 다시 성안으로 데려오려는 생각 따윈 하지 않았어요. 오히려 그들은 리어왕으로 인해 생길 수 있는 나쁜 일들을 막았다고 생각했어요. 다만 글로스터 백작만이 리어왕을 걱정했어요. 그러나 그도 고네릴과 리건, 콘월 공작을 말릴 수 없었지요.

갈 곳을 잃은 리어왕의 꼴은 누가 봐도 처참했어요. 따르는 사람이라

코델리아의 이름을 딴 위성이 있다?

1986년 보이저 2호는 천왕성으로부터 4만 9,750킬로미터 떨어진 곳에서 위성 하나를 발견했어요. 사람들은 표면이 얼음과 암석으로 뒤덮여 있는 그 위성의 이름을 '코델리아'라고 지었어요. 천왕성에는 열한 개의 고리가 있는데 가장 바깥쪽의 넓은 것이 입실론 고리예요. '코델리아'는 입실론 고리의 안쪽에서 돌면서, 바깥쪽에서 도는 '오펠리아' 위성과 함께 고리 입자들이 흩어지는 것을 막아 주는 '양치기 위성'이에요. 다른 위성들의 이름은 그리스로마 신화에서 따왔지만 천왕성의 위성들은 셰익스피어의 작품에 나오는 등장인물들의 이름을 따서 지었어요. 「리어왕」의 코델리아 뿐만 아니라 「햄릿」의 오필리아, 「오셀로」의 데스데모나, 「로미오와 줄리엣」의 줄리엣, 「템페스트」의 미란다, 「한여름 밤의 꿈」의 오베론 등이 있어요.

고는 광대와 켄트밖에 없는 리어왕은 자신의 처지가 한심하게 느껴졌어요. 리어왕은 거센 바람과 세찬 비를 맞으며 한 치 앞도 보이지 않는 어둠 속에서 머리를 쥐어뜯으면서 울부짖었어요.

"이제 모든 게 다 끝이구나, 끝이야!"

보다 못한 켄트는 이 비참한 상황을 편지에 구구절절히 담아 믿을 수 있는 기사에게 부탁해 프랑스에 있는 코델리아 공주에게 전해 달라고 부탁했어요. 그 편지 안에는 켄트 가문의 문양이 박힌 반지도 담아 보냈어요. 켄트가 기사에게 편지를 건네주고 다시 리어왕에게 돌아오자 리어왕은 하늘을 향해 소리를 치고 있었어요.

"바람아, 내 뺨이 갈기갈기 찢어지도록 불어라! 비야, 잠길 때까지 쏟아져라! 천둥아, 이 세상을 납작하게 만들어라! 자연을 무시하고 은혜도 모르는 인간들을 모조리 없애 버려라!"

마치 미친 사람처럼 울부짖는 리어왕을 보고 광대는 안타까운 마음이 들었어요. 이상한 표정도 지어 보고 재미있는 이야기도 해 보았지만 리어왕의 기분은 풀리지 않았어요. 켄트는 리어왕에게 다가가 말했어요.

"폐하, 이렇게 계시다간 큰일 납니다. 저 멀리 오두막이 있으

벤저민 웨스트, 〈폭풍우 속의 리어왕〉(부분)

니 그곳에서 몸 좀 녹이시지요."

리어왕과 켄트 그리고 광대는 폭풍우를 피해 오두막으로 들어갔어요. 그러나 이미 그곳에는 먼저 온 사람이 있었어요. 깜짝 놀란 광대가 소리쳤어요.

"누구냐!"

"저는 불쌍한 거지 톰이라고 하지요."

바로 미치광이 거지로 변장한 에드거였어요. 벌거벗은 에드거를 보니 리어왕은 자신의 불쌍한 처지가 생각나 에드거에게 물었어요.

"너도 두 딸에게 모든 걸 다 주고 그렇게 된 것이냐?"

광대가 대신 대답했어요.

"그래도 저 거지는 담요 한 장은 받았나 봐요. 그나마 담요를 덮고 있기에 망정이지 저것마저 없었다면 보기 민망했겠어요."

리어왕은 기가 찬 듯 허허 웃다가 말했어요.

"우린 타락한 인간이야. 저 거지처럼 옷을 벗으면 짐승에 불과해. 그래, 벗자, 모든 것을 벗어 버리자!"

리어왕이 정말로 미친 사람처럼 웃어 대기 시작했어요. 그때 멀리서 불빛이 보였어요. 그 불빛은 리어왕을 찾고 있는 글로스터 백작의 횃불이었어요. 오두막으로 들어온 글로스터 백작은 거지와 함께 지저분한 몰골로 있는 리어왕을 보자 마음이 아팠어요. 정작 옆에 있는 거지는 글로스터 백작의 아들 에드거였지만 거지 몰골을 하고 있어 알아보지 못했어요. 글로스터 백작은 거지에게는 눈길도 주지 않고 리어왕에게 공손히 말했어요.

"어찌 폐하가 이런 곳에 계십니까? 저를 따라오십시오. 따뜻한 음식과 포근한 잠자리를 준비해 두었습니다."

그러나 리어왕은 에드거를 보며 딴소리를 하였어요.

"잠깐, 저 철학자와 잠시 이야기를 나누고 싶구나. 왜 이렇게 천둥이 치는 것인지 아느냐?"

그러자 켄트가 글로스터 백작에게 속삭였어요.

「리어왕」이 쓰일 당시 영국 사회는 어떤 모습이었을까?

셰익스피어가 「리어왕」을 쓸 당시의 영국은 르네상스 시대였어요. 엘리자베스 1세의 정치적 통일 아래에서 경제는 성장하고, 사회는 안정되었으며, 문학은 꽃을 피우기 시작했어요. 당시 사람들은 정치적으로 통일되지 않고 혼란스러우면 나라가 어지러울 것이고, 반대로 정치가 안정적이면 평화롭게 살 수 있을 거라고 생각했어요. 셰익스피어도 이러한 생각을 가지고 있었고, 이는 「리어왕」에서 드러났어요. 셰익스피어는 리어왕이 딸들에게 나라를 나누어 주면 나라가 나뉘기 때문에 당연히 정치가 혼란스러워질 수밖에 없다고 생각했어요. 그러니 리어왕의 몰락은 딸들에게 나라를 나누어 주는 순간 예견된 것이라고 할 수 있지요.

윌리엄 다이스, 〈폭풍우 속의 리어왕과 광대〉

"폐하의 정신이 좀 이상해진 것 같습니다."

글로스터 백작도 고개를 끄덕이며 말했어요.

"무리도 아니지요. 피를 나눈 두 딸에게 배신을 당했으니 정
신이 멀쩡하다면 더 이상한 일이겠지요. 물론 저도 얼마 전, 믿
었던 아들에게 목숨을 빼앗길 뻔하긴 했습니다. 그것 때문에
미칠 것 같습니다."

이 말을 듣고 거지 분장을 하고 있던 에드거는 마음이 아팠어요. 자신은 아버지의 목숨을 빼앗을 생각따윈 해 본 적이 없는데 이런 모함을 받은 것이 억울했지요. 아무것도 모르는 글로스터 백작은 리어왕에게 다시 한 번 다른 곳으로 옮기자고 말했어요. 리어왕은 알겠다며 고개를 끄덕인 뒤 거지 분장을 한 에드거를 가리키며 말했어요.

"저 사람도 같이 가세. 내 처지와 비슷한 것을 보니 이대로 놔둘 수가 없네."

글로스터 백작은 하는 수 없이 거지도 데리고 가기로 했어요. 글로스터 백작은 리어왕 일행을 작은 농가로 모시고는 상  황을 알아보기 위해 밖으로 나갔어요. 얼마 후, 밖을 둘러보고 돌아온 글로스터 백작이 어두운 표정으로 켄트에게 말했어요.

"폐하를 암살하겠다는 음모가 있소. 어서 폐하를 모시고 도버로 가시오. 그곳으로 가면 안전할 것이오. 서두르지 않으면 목숨이 위험하오."

리어왕은 글로스터 백작의 도움으로 안전하게 도버로 갈 수 있었어요.

한편, 글로스터 백작을 속이고 형 에드거를 쫓아낸 에드먼드
는 다른 계획을 짜고 있었어요.

'형을 쫓아냈으니 이번엔 아버지 차례다. 그래야 모든 재산
이 내 것이 되겠지.'

에드먼드는 이번에도 거짓 편지를 만들어서 콘월 공작에게
갔어요. 그리고 그 앞에서 하늘이 무너지는 듯한 거짓 표정을
지으며 말했어요.

"콘월 공작님, 이걸 보십시오. 저도 믿고 싶지 않지만 제 아
버지인 글로스터 백작이 프랑스와 이런 편지를 주고받고 있었
습니다."

"뭐라고? 어디 이리 줘 보게."

콘월 공작은 잔뜩 상기된 표정으로 편지를 읽더니 노발대발
화를 냈어요.

"고얀 글로스터 녀석 같으니라고! 프랑스 첩자면서 감히 충
성스런 부하인 척해?"

"그뿐만이 아닙니다. 아버지는 콘월 공작님께서 내쫓은 리
어왕을 몰래 숨겨 주고 있다고 합니다. 아마 리어왕이 앙심을
품고 프랑스와 손을 잡아 우리 영국을 공격하려는 것 같습니
다."

"내 용서하지 않겠다. 에드먼드! 당장 글로스터 백작을 잡아 오너라!"

무사히 국왕을 도망치게 한 후 안도의 한숨을 쉬며 돌아오던 글로스터 백작은 영문도 모른 채 잡혀 왔어요. 콘월 공작은 잡혀 온 글로스터 백작을 노려보며 말했어요.

"이 더러운 반역자! 최근에 프랑스에서 어떤 편지를 받았느냐?"

"콘월 공작님, 그게 무슨 소리십니까? 저는 모르는 일입니다."

"아주 뻔뻔하구나! 네가 프랑스 군과 힘을 합쳐 영국을 치려하는 걸 모를 줄 알았느냐? 리어왕은 또 어디다 빼돌린 것이냐?"

"리어왕은 우리 영국의 왕이십니다. 그런 폐하를 비바람이 몰아치는 곳에 계시게 할 순 없었습니다."

「리어왕」에서 보이는 갈등

감동과 흥미를 느낄 수 있는 작품에는 반드시 갈등이 등장해요. 갈등이란 인물의 심리나 인물 간의 관계가 복잡하게 얽혀 대립하는 것을 말해요. 문학 작품은 대부분 갈등을 통해 작품의 긴장감을 높이고 그것을 해결해 가는 내용을 그리고 있어요. 그 과정을 통해 독자는 쾌감, 즉 카타르시스를 느끼게 되고 작품을 읽기 전과는 다른 영혼의 성숙을 얻게 되요. 이처럼 「리어왕」에도 복잡하게 얽혀 있는 수많은 갈등이 존재해요. 노인 세대와 젊은 세대의 갈등, 옛 세력과 새로운 세력 간의 갈등, 에드먼드를 두고 싸움을 벌이는 사랑의 갈등, 물질적인 가치와 인간적인 가치의 갈등이 있어요. 이러한 복잡하고 미묘한 갈등들이 서로 촘촘하게 얽히고설켜 작품을 더욱 풍성하고 박진감 넘치게 만들어요.

조지 롬니, 〈옷을 찢는 폭풍우 속의 리어왕〉

"글로스터! 그건 내 명령을 어긴 것이나 마찬가지다. 그런 짓을 하면 목숨을 내놓아야 한다는 것 정도는 알고 있겠지?"

콘월 공작은 검을 들고 묶여 있는 글로스터에게 다가가 말했어요.

"네 잘난 두 눈을 뽑아 버려야겠다!"

콘월 공작은 잔인하게도 글로스터 백작의 두 눈을 뽑아 버렸어요. 이것을 보던 글로스터 백작의 시종이 참지 못하고 콘월 공작에게 달려들었어요. 시종의 검은 콘월 공작에게 깊게 박혔어요. 콘월 공작은 힘없이 쓰러져 죽어 버렸어요. 그러자 놀란 리건이 등 뒤에서 글로스터 백작의 시종을 찔렀어요.

"이놈! 감히 어디라고 대들어!"

결국 글로스터 백작의 시종도 죽임을 당하고 말았어요.

아무것도 보지 못하게 된 글로스터는 고통스러워하며 외쳤어요.

"아아, 아무것도 보이지 않는구나. 아들, 내 충성스러운 아들 에드먼드는 어디 있느냐?"

그 말에 리건은 가소롭다는 듯 대답했어요.

"어리석구나. 네가 그토록 찾는 아들인 에드먼드가 이 일을 말해 주었다. 이제 네 주변에 네 편이라곤 아무도 없다. 여봐라, 저 앞도 못 보는 늙은이를 치워라."

리건의 말에 그제야 글로스터 백작은 에드먼드에게 속았다는 것을 알았어요. 그리고 에드거의 일 또한 에드먼드의 계략이었다는 것을 알아채고 절규했어요.

"아아, 나는 어쩌면 이렇게도 어리석단 말인가! 착한 아들인 에드거를 못 알아보고 에드먼드에게 속아 결국 두 눈을 잃었구나."

글로스터 백작은 두 눈을 잃고 아무것도 볼 수 없는 상태로 더듬거리며 길거리를 헤매고 다녔어요. 그때, 거지 분장을 한 에드거가 두 눈을 잃은 글로스터 백작을 발견했어요. 끔찍한 아버지의 모습을 본 에드거는 슬픔을 억누르며 애써 유쾌하게 인사를 건넸어요.

"안녕하세요, 아저씨!"

"너는 누구냐?"

"불쌍한 톰이랍니다."

"아, 오두막에서 보았던 그 지저분한 거지로구나."

"예, 맞아요."

"잘 됐다. 앞이 안 보이는 나를 좀 도와다오. 나를 절벽까지 데려다 주지 않겠느냐? 네가 절벽까지 나를 안내해 준다면 내가 갖고 있는 돈주머니를 주마."

"당연히 안내해 드려야지요. 제 손을 잡으세요."

에드거는 최대한 밝은 목소리를 내며 글로스터 백작의 손을 꼬옥 잡았어요.

한편 리어왕의 처참한 이야기가 담긴 편지는 켄트가 보낸 기사를 통해 프랑스의 왕비가 된 코델리아에게 무사히 도착했어요. 코델리아는 편지를 읽는 내내 눈물을 감출 수가 없었어요.

"아, 불쌍한 아버지! 아버지를 뵙고 싶네요. 아버지를 모셔 오세요."

하지만 리어왕은 코델리아와 만나는 것을 거부했어요. 아무 죄도 없는 코델리아를 내쫓고 거짓말을 했던 두 딸에게 모든

것을 물려주었는데, 이제 와서
코델리아를 볼 낯이 없었던 거
예요. 그러나 코델리아는 군대
를 풀어 아버지를 찾아 모셔 오
라고 명령을 내렸어요.

벤저민 웨스트, 〈폭풍우 속의 리어왕〉

　　그때 심부름꾼이 허겁지겁 달
려와 말했어요.

　　"영국군이 쳐들어왔습니다!"

　　하지만 코델리아는 담담한 표정으로 말했어요.

　　"영국군과 싸울 준비는 되어 있어요. 이 전쟁은 아버님을 위
해서 하는 거예요. 불쌍한 아버님을 내쫓은 영국을 용서할 수
없어요."

　　영국에 있는 고네릴과 리건도 전쟁 준비에 한창이었어요.
고네릴의 집사인 오스왈드는 글로스터 백작의 성으로 찾아가
리건에게 말했어요.

　　"리건 공주님, 올버니 공작과 고네릴 공주님께서 전쟁에 참
여하기 위해 프랑스로 향하셨습니다. 그런데 에드먼드 님은

안 계시나요?"

"에드먼드 님은 글로스터 백작을 죽이기 위해 떠나셨어요. 두 눈을 잃은 글로스터 백작이 이곳저곳을 돌아다니면서 자신이 억울하다면서 떠들어 댔나봐요. 그 탓에 우리의 적이 늘어났어요. 글로스터 백작을 살려 둔 것이 실수였어요. 그런데 에드먼드 님은 왜 찾으시는 거죠?"

"고네릴 공주님께서 에드먼드 님께 편지를 보내셨습니다."

오스왈드의 말에 리건은 이맛살을 찌푸리며 물었어요.

"언니가 에드먼드 님께 무슨 편지를 보낸 거죠?"

"그건 저도 모릅니다."

"보답은 후하게 할 테니 그 편지 좀 볼 수 없을까요?"

오스왈드는 얼른 편지를 뒤로 감췄어요. 왜냐하면 고네릴이 에드먼드에게 보내는 편지에는 사랑의 내용이 담겨 있었기 때문이었어요. 리건은 불쾌한 표정으로 말했어요.

"흥, 아무튼 언니에게 전해 주세요. 내 남편 콘월 공작님이 죽은 후, 나와 에드먼드 님은 이미 사랑을 약속한 사이가 되었다고요. 에드먼드 님을 넘보지 않았으면 좋겠네요."

오스왈드는 아무 말 없이 서둘러 성을 빠져 나왔어요.

한편 눈먼 글로스터 백작을 부축하며 길을 떠난 에드거는 도버 근처의 어느 시골 마을에 도착했어요. 길을 안내하는 에드거의 목소리는 점점 차분해졌어요. 글로스터 백작과 함께하는 시간이 길어지다 보니 거지 흉내를 내는 것을 잊은 것이었어요.

"자, 절벽에 도착했습니다. 파도 소리가 들리시지요? 조심하십시오. 조금만 발을 헛디뎌도 절벽에서 떨어져 죽을 수 있답니다."

"네 말투가 많이 변한 것 같구나. 전보다 훨씬 품위 있게 말하는 데다가 조리 있는 것도 같고."

"착각하고 계신 것뿐이에요. 자, 이 절벽에서 조금만 더 가면 도버가 나옵니다."

"알겠으니 이제 넌 돌아가거라. 내가 준 돈이면 부자가 될 수

카타르시스

문학 작품이나 예술 작품을 보고 큰 감동을 받을 때, 사람들은 '카타르시스를 느낀다'고 이야기해요. 카타르시스는 그리스어로 '정화', '배설'이란 뜻을 가지고 있어요. 우리가 땀을 많이 흘리고 시원한 물로 목욕을 하게 되면 상쾌한 느낌을 갖게 되지요. 카타르시스란 바로 이때 느끼는 감정과 비슷한 거예요. 비슷한 말로 쾌감, 전율, 희열 등이 있어요. 문학적 의미의 카타르시스는 비극을 봄으로써 마음에 쌓여 있던 우울함, 불안감, 긴장감 따위가 해소되고 마음이 정화되는 일을 말해요. 이러한 카타르시스에 대해 아리스토텔레스는 자신이 쓴 『시학』에서 비극이 관객에게 미치는 중요한 작용의 하나라고 말했어요. 즉, 사람들이 비극적인 이야기를 즐기는 것도 카타르시스를 느끼기 때문이에요.

있을 게야."

일단 에드거는 태연하게 인사를 하고 한 발자국 뒤로 물러났어요. 앞이 보이지 않는 글로스터 백작은 에드거가 돈을 받고 돌아갔다고 생각했어요. 글로스터 백작은 평지에 무릎을 꿇은 뒤 조용히 기도를 드렸어요.

"하늘의 신이시여, 이제 저는 세상을 떠나려고 합니다. 다만 에드거의 행복을 빌어 주세요. 그럼 세상아, 안녕."

글로스터 백작은 그렇게 앞으로 몸을 던지는 동시에 정신을 잃었어요. 에드거는 재빨리 글로스터 백작에게 다가가 목소리를 가다듬어 다른 사람인 척 글로스터 백작을 흔들어 깨웠어요. 정신을 차린 글로스터 백작이 에드거에게 물었어요.

"여긴 어디오?"

"아니, 당신은 새란 말이오? 어떻게 저 높은 절벽에 떨어지고도 상처 하나 없이 살 수가 있소?"

사실 에드거는 아버지가 스스로 목숨을 끊을 것을 예상하고 일부러 절벽이 아닌 평지로 데리고 왔던 것이었어요.

글로스터 백작은 자신이 죽었는지 살았는지, 혹은 지금 있는 곳이 천국인지 지옥인지 알 수 없었어요.

그때 멀리서 리어왕이 다가왔어요. 리어왕은 머리에 들꽃을 꽂은 채 이상한 소리를 중얼거렸어요. 한 나라의 왕이었던 리어왕이 실성한 모습을 보자 에드거는 마음이 아팠어요. 글로스터 백작은 눈이 보이지는 않았지만 리어왕의 목소리는 알아들을 수 있었어요.

"아, 폐하가 아니십니까?"

"그래, 모두가 벌벌 떨었던 왕이니라. 너의 죄는 무엇이더냐? 죄를 지었어도 죽이지 않으마."

"폐하, 저를 알아보시겠습니까?"

"당연하지. 이 결투장을 읽어 봐라!"

글로스터 백작은 흐느꼈어요.

"폐하, 저는 눈이 없어 글자 하나하나가 태양이라 할지라도 읽을 수가 없습니다."

"네가 나의 불행에 대해 슬퍼한다면 내 눈을 줄 것이다. 나는
그대를 알고 있어. 그래, 너는 글로스터야. 글로스터, 아무리 슬퍼도 우리는 참아야 해. 우리 모두는 울면서 세상에 태어나지 않았느냐!"

이 모습을 보고 있자니 에드거는 마음이 아팠어요. 한 사람은 눈이 멀고 한 사람은 미쳐 버린 이 상황을 똑바로 볼 수 없었어요.

존 런시먼, 〈폭풍 속의 리어왕〉

그때 멀리서 리어왕을 찾는 목소리가 들려왔어요. 코델리아에게 편지를 전해 주었던 기사가 시종을 거느리고 리어왕을 찾아온 거예요. 기사의 반가운 표정을 보니 그는 리어왕을 찾기 위해 오랫동안 헤맨 것 같았어요.

"폐하, 여기 계셨군요. 코델리아 공주님이 기다리고 계십니다."

그러나 리어왕은 쌩뚱맞은 소리를 하였어요.

"내가 포로가 되었다고? 돈을 줄 테니 풀어다오. 자, 붙잡을 수 있으면 잡아 보거라!"

리어왕은 그렇게 외치고는 갑자기 들판을 가로질러 뛰기 시작했어요. 놀란 시종들이 리어왕의 뒤를 쫓았어요. 그 사이, 에드거는 기사에게 가서 조용히 물었어요.

"전쟁이 일어났다는데 그게 정말입니까?"

"그건 모두가 알고 있는 사실이오. 프랑스 왕비님이신 코델리아 공주님도 여기에 계신다오. 이제 악독한 고네릴 공주와 리건 공주의 영국 군대를 쳐부술 일만 남았소."

이 이야기를 들은 글로스터 백작은 너무 기뻐 감사의 기도를 올렸어요. 다시 한 번 살고자 하는 의욕을 되찾은 글로스터 백작은 에드거가 이끄는 대로 따라갔어요. 그때 갑자기 오스왈드가 불쑥 나타났어요.

"찾았다! 글로스터 백작. 당신의 목에 현상금이 걸려 있소. 내 출세를 위해 당신 목숨을 가져가겠소."

오스왈드가 글로스터 백작에게 달려들었어요. 글로스터 백작은 모든 것이 끝났다고 생각했어요. 그때 에드거가 앞을 가로막았어요. 에드거는 재빨리 글로스터 백작을 보호한 뒤에 오스왈드를 칼로 찔렀어요.

"윽!"

오스왈드는 그대로 땅에 쓰러졌고, 곧 숨을 거두었어요. 에드거는 얼른 오스왈드의 주머니를 뒤졌어요. 그러자 고네릴이 에드먼드에게 보내는 편지가 들어 있었어요. 에드거는 그 편지를 큰 소리로 읽었어요.

"에드먼드 님, 우리가 한 사랑의 맹세를 잊지 마세요. 남편을 죽일 방법은 얼마든지 있어요. 이제 당신의 결정만이 남아 있답니다. 내 남편이 승리하고 돌아온다면 난 지옥 같은 삶을 살게 될 것을 잊지 마세요. 당신을 그리워하는 고네릴로부터."

에드거는 편지를 다 읽고는 몸서리를 쳤어요.

"자기 아버지와 형인 나를 폭풍우 속으로 내쫓은 것도 모자라 이제는 다른 여인과 짜고 그 여인의 남편까지 죽이려 하다니! 에드먼드, 이 못된 자식! 어서 올버니 공작님께 이 사실을 알려 드려야겠다."

에드거는 글로스터 백작을 코델리아의 부하들에게 부탁하고 재빨리 고네릴의 남편인 올버니 공작을 찾아 길을 떠났어요.

겨우 리어왕을 모시고 온 코델리아는 켄트와 만나 이야기를 나누고 있었어요. 리어왕은 의사의 간호를 받은 뒤에 잠이 든 상태였어요. 코델리아는 자신의 신분을 숨기기 위해 누더기 옷을 걸치고 있는 켄트에게 미안함과 고마움을 느꼈어요.

"켄트 백작, 이 은혜를 어떻게 갚아야 할까요. 우선은 좋은 옷으로 갈아입으시는 게 어떠세요?"

"아닙니다. 때가 되면 제 정체를 드러내겠으니 그때까지는 공주님께서도 제 정체를 모르는 척해 주십시오."

코델리아는 고개를 끄덕이고는 잠이 든 아버지의 손등에 입을 맞추었어요. 지쳐 잠든 리어왕의 모습을 보고 있자니 마음이 아프면서 한편으로는 언니들의 행동이 원망스러웠어요.

"친아버지가 아니라 해도 이럴 수는 없어요. 설사 모르는 노인이라 해도 폭풍우가 치는 황야로 내쫓는 사람은 없지요."

코델리아는 흐느껴 울었어요. 이 소리에 리어왕은 잠에서 깨어났어요. 다행스럽게도 자신의 머리맡에서 흐느껴 우는 코델리아를 알아보았어요.

「리어왕」과 르네상스

르네상스란, 14세기 이탈리아에서 일어난 운동이에요. 중세 시대 사람들은 신 중심의 세계관을 가지고 있었어요. 그런데 르네상스 운동이 일어나면서 신 중심에서 벗어나 인간 중심의 사고방식과 합리주의를 추구하였고, 자신의 내면을 탐구하였어요. 「리어왕」에서도 르네상스 가치관이 나타나고 있어요. 셰익스피어는 인간은 신에 의해 좌지우지되는 것이 아니라 인간의 욕망 때문에 비극이 나타난다고 생각하였지요. 에드먼드, 고네릴 등은 자신의 욕망을 충족시키기 위해 어떤 행동이든 서슴지 않았어요. 또한 왕이지만 권위를 잃고 미쳐 버려서 울부짖는 리어왕의 모습에서 왕 또한 한 명의 인간이라는 것을 알 수 있지요. 이처럼 셰익스피어는 인간의 내면을 반성하고 인간의 삶을 여러 각도에서 바라보고자 한 르네상스 가치관을 반영함으로써 더 복잡하고, 더 비극적인 작품을 쓸 수 있었어요.

리어왕이 미안해하면서 말했어요.

"나의 기쁨, 나의 코델리아야. 울지 마라. 네가 독약을 준다고 해도 난 마실 것이다. 너는 나를 사랑하지 않을 거야. 너를 내쫓은 나를 미워할 수밖에 없겠지. 제발 이 못난 아비를 용서해 다오."

"그게 무슨 말씀이세요. 제가 아버지를 미워할 리 없어요."

코델리아는 몸이 많이 쇠약해진 리어왕을 끌어안고는 펑펑 울었어요. 리어왕도 그런 코델리아의 착한 마음씨에 눈물을 흘렸어요.

도버 근처의 영국군 진영에서는 에드먼드가 장교에게 지시를 내리고 있었어요.

"올버니 공작께 지난번에 지시한 대로 할 것인지 여쭙고 오너라. 공작께서는 워낙 이번 일을 탐탁지 않게 생각하고 있는데다가 늙은 리어왕에게 동정심을 갖고 있는 모양이니까."

장교가 나가자 리건은 에드먼드에게 고네릴과의 관계를 꼬치꼬치 캐물었어요.

"에드먼드 님, 제가 당신을 사랑하는 것을 알고 계시지요? 그

피테르 반 블레크, 〈테이트가 개작한 「리어왕」의 코델리아 역을 맡은 시버 부인〉

렇다면 진심을 알려 주세요. 혹시 언니를 사랑하시나요?"

"아닙니다. 그저 공경하는 마음만 갖고 있을 뿐이죠."

"저는 불안해요. 혹시나 당신이 언니와 이미 사랑을 나눴을까 봐요."

"제 이름을 걸고 절대 그런 일은 없습니다."

에드먼드의 대답에 리건은 만족한 듯 웃고는 말했어요.

"에드먼드 님, 당신은 저와 사랑을 약속한 사이인 것을 잊지 마세요."

그때 고네릴과 올버니 공작이 들어왔어요. 올버니 공작이 에드먼드에게 말했어요.

"듣자하니 폐하가 막내 따님이신 코델리아 공주님께 가셨다고 하오. 여러 사람들도 그곳으로 따라갔지. 나는 프랑스가 우리나라를 침략한 일에 대응해 싸우는 것뿐이오."

안 그래도 에드먼드와 리건이 함께 있는 것 때문에 기분이 상해 있던 고네릴이 톡 쏘아붙였어요.

"당신은 새삼스럽게 왜 그런 이야기를 하지요? 절대 집안 문제로 전쟁하는 게 아니에요. 프랑스군이 우리나라를 침략한 거라고요."

"알겠소. 아무튼 승리를 위해 전쟁 계획을 세워야겠군."

올버니 공작은 그렇게 대꾸하고 막사로 발걸음을 옮겼어요. 막사로 가던 중, 갑자기 에드거가 나타나 올버니 공작의 앞을 막았어요.

"공작님, 전투를 시작하기 전에 이 편지를 읽어 보십시오."

"지금 읽어 볼 테니 기다려라."

"지금은 때가 아닙니다. 때가 되었을 때 저를 불러 주십시오. 나팔을 세 번 부시면 제가 나가도록 하겠습니다."

마침 적이 쳐들어왔다는 나팔 소리가 들렸어요. 올버니 공작은 곧장 전쟁터로 나갔어요.

한편, 에드먼드는 고네릴과 리건 사이에서 어떻게 하면 좋을지 고민 중이었어요.

"언니와 동생 모두에게 사랑을 약속했으니 곤란하게 되었군. 리건을 택한다면 고네릴이 미친 듯이 화를 낼 거야. 그러나 올버니 공작이 살아 있는 한 고네릴을 선택할 수는 없어. 그래, 우선 전쟁에서 이기기 위해 올버니 공작의 힘을 이용하자. 그런 뒤에 고네릴과 힘을 합쳐 올버니 공작을 해치우는 거야."

자신의 계획에 만족한 에드먼드는 음흉하게 미소를 지으며 전쟁터로 나갔어요.

영국과 프랑스는 치열하게 싸웠지만 영국의 승리로 끝이 나고 말았어요. 에드거는 글로스터 백작과 함께 몸을 숨겼고, 코델리아는 리어왕과 함께 포로가 되어 붙잡혔지요. 코델리아는 슬픈 목소리로 말했어요.

"아버지를 위해 노력했지만 결국 실패로 끝나고 말았어요."

"아니다, 코델리아. 비록 감옥에서라도 옛날이야기나 하며 바깥세상 사람들을 비웃어 주자꾸나."

코델리아와 리어왕은 서로를 의지하며 감옥으로 갔어요. 그 사이 에드먼드는 남몰래 부대장을 불렀어요.

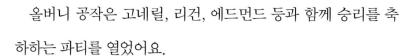

"이 편지에 쓰여 있는 대로 리어왕과 코델리아 공주를 처리하게."

에드먼드의 편지를 받은 부대장은 급히 떠났어요.

올버니 공작은 고네릴, 리건, 에드먼드 등과 함께 승리를 축하하는 파티를 열었어요.

올버니 공작이 말했어요.

"에드먼드, 자네의 용맹함은 정말로 대단하였소. 특히 전쟁의 목적인 프랑스 왕비와 리어왕을 포로로 잡은 공은 너무나도

윌리엄 블레이크, 〈감옥에 갇힌 리어왕과 코델리아〉

크오. 이제 그들에게 적당히 죄를 물어 우리 영국을 더욱 살기 좋은 나라로 만들어 봅시다."

그러자 에드먼드는 자신 있는 표정으로 자신이 직접 계획한 것을 말하였어요.

"실은 리어왕과 프랑스 왕비는 가두어 놓는 것이 옳다고 생각합니다. 만약 그들의 모습을 사람들에게 보여 준다면 어리석은 사람들이 그들에게 동정심을 느낄 수 있기 때문입니다. 내일쯤에 공작님께서 두 사람에 대한 재판을 하실 수 있도록 준비해 놓았습니다."

올버니 공작은 자신의 명령도 없이 일을 진행시킨 에드먼드

작가 미상, 장 프랑스와 드쉬스의 연극에 출연한 배우를 모델로 그린 작품

때문에 기분이 상했어요. 또한 자신만만한 그의 말투가 거슬렸어요.

"자네는 마치 내 형제인 듯 말하는군. 에드먼드, 당신은 내 부하라는 것을 명심하시오."

그러자 리건이 에드먼드를 위해 끼어들었어요.

"이분은 곧 제 남편이 될 거예요. 그렇다면 당연히 형부와 같은 지위인 거죠. 이참에 확실히 말할게요. 이제 제 남편은 에드먼드 님이십니다. 저는 에드먼드 님께 제가 가진 모든 것을 바치겠어요."

이에 고네릴이 부들부들 떨며 말했어요.

"뭐라고? 네 뜻대로 될 것 같아?"

그러자 올버니 공작이 고네릴에게 소리쳤어요.

"당신은 이 두 사람을 막을 권한이 없소."

이때 에드먼드도 지지 않고 올버니 공작을 향해 외쳤어요.

"공작에게도 그런 권리는 없지요."

그러자 올버니 공작이 에드먼드에게 호통을 쳤어요.

"감히 서자 주제에 어디라고 나서는 게냐!"

그러자 리건이 에드먼드를 다그쳤어요.

"어서 북을 울리세요. 당신이 제 남편이 되었다는 사실을 모든 사람들에게 알리라고요!"

그런 리건을 올버니 공작이 막으며 말했어요.

"에드먼드, 너를 반역죄로 체포한다. 그리고 고네릴도 함께 체포하겠다. 또한 리건의 요구는 내가 대신하여 반대할 것이다. 이미 편지를 읽어 알고 있다. 에드먼드는 이미 고네릴과 결혼을 약속하였소. 그러니 리건의 남편이 될 수가 없지."

사랑하는 에드먼드가 언니인 고네릴과 결혼을 약속했다는 사실에 리건은 너무 놀라 입술이 바싹바싹 타는 것 같았어요.

리건은 앞에 놓인 잔에 담긴 포도주를 벌컥벌컥 마셨어요. 그런데 갑자기 얼굴이 새파랗게 질리더니 끝내 리건은 쓰러지고 말았어요. 사람들이 놀라 리건을 부축했지만 이미 리건은 싸늘하게 죽어 있었어요.

"이게 어찌된 건가?"

올버니 공작과 많은 사람들이 놀라 웅성거렸어요. 그때 이 모습을 보던 고네릴은 섬뜩한 미소를 지으며 생각했어요.

'내가 준 독약을 먹었으니 당연하지. 감히 에드먼드와 결혼할 생각을 하다니!'

연회장이 순식간에 아수라장이 되자 올버니 공작이 일어나 큰 소리로 말했어요.

"이곳에 부정한 생각을 가진 자가 있구나. 연회장이 엉망이 되다니! 에드먼드의 죄를 결투로 증명할 수 있는 자는 나팔을 세 번 불 동안 나오시오. 만약 아무도 나타나지 않는다면 내가 직접 상대할 것이오!"

세 번째 나팔이 울리자 올버니 공작과 약속한 대로 무장을 한 에드거가 나타났어요. 투구를 깊게 눌러쓴 탓에 에드먼드는 눈앞에 있는 사람이 자신의 형 에드거인지 알아보지 못했어요. 에드거는 에드먼드를 향해 외쳤어요.

"너는 신과 아버지, 형까지 배신한 것도 모자라 여기 계신 공작님의 목숨까지 노린 더럽고 지독한 놈이다!"

에드먼드도 지지 않았어요.

"허튼 소리하지 마라! 내 칼로 너의 심장을 찔러 반역자란 오명을 씻

셰익스피어가 살던 16세기 영국

셰익스피어가 살던 때는 영국이 대영제국으로 발전해 가는 엘리자베스 1세의 시대였어요. 셰익스피어가 태어나기 6년 전인 1558년에 엘리자베스 1세가 즉위하여 45년간 영국을 통치하고 그 후 1603년 제임스 1세가 왕위를 물려받아서 일반적으로 셰익스피어의 시대는 엘리자베스 시대와 동일한 시기로 여겨요. 엘리자베스 1세는 끊임없는 분란으로 일찍 죽었던 이전 왕과는 달리 45년간의 긴 시간 동안 왕좌를 누리며 영국을 통일하고 수많은 대륙에 식민지를 건설하며 세계를 주름잡는 대영제국을 건설했어요. 한편, 종교적으로는 오랜 세월 동안 위세를 떨친 신 중심의 사회가 점점 힘을 잃고 인간 중심의 세계로 돌아가자는 문예 부흥 운동이 일어나던 르네상스 시대로 접어든 시기였어요. 이렇듯 당시는 르네상스와 갈수록 강력해지는 영국 국력에 힘입어 영국 국민의 자긍심이 문화의 독창성으로 이어져 셰익스피어 같은 사람이 나오는 데 큰 밑바탕이 되었어요.

을 것이다!"

에드거와 에드먼드의 싸움이 벌어졌어요. 사람들은 숨을 죽이며 두 사람의 칼끝이 부딪히는 것을 보았어요. 그러나 결국 에드먼드는 에드거의 칼에 맞아 쓰러지고 말았어요. 이 모습을 본 고네릴이 소리쳤어요.

"죽이지 마세요. 이건 음모예요. 기사도의 규칙에 따라 이름도 밝히지 않는 상대와 싸울 필요는 없어요!"

하지만 올버니 공작은 고네릴 앞에 편지를 내밀며 불쾌하다는 듯 말했어요.

"이 편지로 입을 틀어막기 전에 닥쳐라. 이 천하의 악녀 같으니라고. 설마 이 편지를 모른다는 말을 하지는 않겠지?"

그 편지는 에드거가 올버니 공작에게 준 편지였어요. 고네릴의 입술이 부르르 떨렸어요. 그녀가 올버니 공작에게서 편지를 빼앗으려 하자 올버니 공작이 외쳤어요.

"찢으려 해도 소용 없다! 이 편지의 내용을 아는 모양이지?"

고네릴이 악에 받쳐 말했어요.

"그걸 알면서 왜 물어보는 거죠?"

더 이상 변명을 할 수도 없었어요. 고네릴은 그 자리에서 달아나 막사로 들어가 버렸어요. 바닥에 쓰러져 있던 에드먼드도 고통스러운 신음소리를 내며 몸을 일으켰어요. 그는 자신의 모든 꿈이 깨진 것을 알았어요. 에드먼드는 에드거를 향해 말했어요.

"당신이 말한 내 죄는 모두 사실이오. 그러나 죽기 전에 나를 이긴 당신의 이름을 알고 싶소."

"에드먼드, 잘 보아라. 나는 네 형 에드거다."

에드거가 투구를 벗으며 대답했어요. 에드먼드는 자신 앞에 서 있는 에드거의 모습에 깜짝 놀랐어요. 처음에는 자신의 앞에 나타난 에드거가 두려웠지만 죽기 전에 그에게 용서를 빌고 싶었어요. 에드거도 에드먼드의 마음을 눈치챈 듯 말했어요.

"아버지는 네 탓에 두 눈을 잃으셨다. 처음에는 너를 용서할 수가 없었단다. 그러나 에드먼드, 우리 서로 용서하자꾸나."

에드거는 에드먼드를 안아 주었어요. 올버니 공작도 다가와 에드거의 어깨를 다독이며 그의 넓은 마음씨를 말없이 칭찬했지요. 에드거는 올버니 공작에게 예의를 갖춘 뒤, 그동안 있었던 일을 간단하게 말했어요.

"집에서 도망친 이후 살기 위해서 미치광이 거지 행세를 했습니다. 그러다 우연히 두 눈을 잃은 아버지를 만났지요. 그때부터 아버지의 길잡이 노릇을 하였습니다. 이 결투에 오기 전에 어쩐지 예감이 좋지 않아 아버지에게 제 정체를 밝혔습니다. 그러나 쇠약해질 대로 쇠약해진 아버지는 기쁘면서도 슬픈 감정을 이기지 못하시고 그만 숨을 거두셨습니다. 그런데 그때 누군가가 나타나 아버지의 시체를 안고 대성통곡을 하는 게 아니겠습니까?"

"그분이 누구요?"

"바로 쫓겨나셨던 켄트 백작이셨습니다. 그동안 켄트 백작은 저처럼 변장을 하고 지내셨습니다. 게다가 자신을 내쫓은 리어왕을 따르며 노예들도 하지 못할 힘든 시중을 드셨던 것입니다."

그때 시종 하나가 피 묻은 칼을 들고 뛰어 들어와 외쳤어요.

"큰일 났습니다. 고네릴 공주님께서 스스로 목숨을 끊으셨습니다. 공주님께서는 돌아가시면서 여동생을 독살했다고 자백하셨습니다."

사랑에 눈이 멀어 동생을 독살한 고네릴은 끝내 죄책감을 이기지 못하고 자살하였던 거예요. 에드먼드는 두 자매와 결혼하기로 약속했다가 끝내는 두 여인 모두 죽게 되었다는 사실에 죄책감을 느꼈어요. 모든 비극이 자신 때문에 일어났다고 생각했지요.

때마침 켄트가 나타났어요. 올버니 공작은 켄트를 기쁘게 맞이했어요.

"오, 당신이 폐하를 끝까지 모신 충신 켄트요?"

"국왕이신 분께 마지막 이별 인사를 드리러 왔습니다."

올버니 공작은 그제야 리어왕과 코델리아가 생각났어요. 그는 에드먼드를 향해 외쳤어요.

"에드먼드, 폐하께선 어디에 계시냐? 코델리아도 같이 있는 것이냐?"

에드먼드는 나지막한 목소리로 말했어요.

"어서 섬으로 사람을 보내시오. 나와 고네릴은 폐하와 코델리아를 죽이라고 명령을 내렸소. 폐하가 절망한 나머지 공주를 목 졸라 죽이고 자신은 자살한 것으로 꾸미라고 하였지요. 그러니 늦기 전에 어서 가시오."

에드먼드는 다시 명령을 거두겠다는 증표로 자신의 칼을 에드거에게 주었어요. 에드거는 얼른 그 칼을 들고 밖으로 뛰쳐나갔고, 그 뒤를 켄트가 따라갔어요.

그러나 에드거와 켄트가 섬에 도착했을 때는 이미 코델리아가 숨을 거둔 뒤였어요. 리어왕은 두 팔로 코델리아를 안은 채 울부짖었어요. 게다가 리어왕은 너무 슬퍼 간신히 되찾은 이

노먼 밀스 프라이스, 〈리어: "코델리아야, 코델리아야!"〉

성의 끈을 놓아 버리고 말았어요.

"내 귀여운 코델리아가 죽다니!"

켄트가 슬픔을 억누르고 무릎을 꿇으며 외쳤어요.

"폐하!"

"저리 꺼져! 너희들 모두가 살인자야! 이 애를 살릴 수도 있었는데 죽게 내버려 두었지."

리어왕이 싸늘하게 식은 코델리아를 껴안았어요.

"귀엽고 착한 코델리아야, 도대체 누가 너를 죽였단 말이냐!"

그러나 리어왕은 정신을 놓은 상황에서도 켄트의 얼굴만은 알아보았어요.

"폐하의 신하 켄트이옵니다. 저는 줄곧 폐하를 따라다녔습니다."

"그래, 정말 고맙다. 잘 와 주었다."

"남은 두 따님도 방금 전 숨을 거두셨습니다."

리어왕은 고개를 끄덕였어요. 그러나 이미 그는 사물을 분간할 수 없었어요. 총명했던 두 눈은 텅 비어 마치 영혼이 빠져나간 사람 같았어요. 리어왕은 미친 듯이 외쳤어요.

"나의 기쁨 코델리아가 죽다니! 코델리아, 제발 눈을 떠 보아라. 하물며 쥐에게도 생명이 있는데 너는

어째 입김조차 내지 않는 것이냐? 넌 다시는 일어나지 못하겠지?"

리어왕은 갑자기 발작을 일으키더니 끝내 죽고 말았어요. 뒤늦게 온 올버니 공작도 이 참혹한 광경을 보고 할 말을 잃은 채 멍하니 있을 수밖에 없었어요. 죽은 리어왕 앞에서 켄트가 흐느끼며 울었어요.

"차라리 잘된 일이오. 폐하께는 사는 것 자체가 고통이었을 것이오."

올버니 공작도 고개를 천천히 끄덕이며 말했어요.

"이제라도 편안히 쉴 수 있도록 해 드립시다. 켄트 백작과 에드거는 어지러운 나라를 수습할 수 있도록 나를 도와주시오."

제임스 베리, 〈코델리아의 죽음과 슬픔에 잠긴 리어왕〉

그러나 켄트는 고개를 저었어요.

"저도 폐하의 긴 여행을 따라갈까 합니다."

켄트는 리어왕을 따라 죽을 생각을 했어요. 하지만 올버니 공작이 그를 말리며 간곡히 말했어요.

"그래도 우리는 이 가혹한 시대를 짊어지고 살아야 합니다. 참고 살면서 이 비극적인 일을 후손들에게 알려야 합니다. 그래야 후손들이 당신의 고생을 거울로 삼으며 바른길을 갈 수 있을 것입니다."

켄트는 올버니 공작의 말을 듣고는 말없이 고개를 끄덕였어요. 세 사람은 시체들을 옮기며 구슬픈 노래를 불렀어요. 애달프고 슬픈 노래는 대지에 가득 퍼져 나갔어요.

「리어왕」이 명작인 이유

리어왕은 깊은 고민 없이 악한 두 딸에게 나라를 나눠 주고 선한 막내딸은 추방해 버려요. 이처럼 「리어왕」은 인간을 선과 악으로 뚜렷하게 구분해 놓은 작품이에요. 하지만 그것이 권선징악의 교훈을 남기기 위한 것만은 아니에요. 어리석은 판단으로 인해 값비싼 대가를 치르게 된 주인공 리어왕은 극심한 고통을 겪으면서 진실을 깨닫고 진실을 볼 수 있는 새로운 인간으로 탄생해요. 이처럼 「리어왕」은 인간의 삶과 진실은 눈에 보이는 것들, 귀에 들리는 것들이 전부가 아님을 알려 주고 있어요. 또 비극이 때로는 새로운 눈을 뜨게 하는 또 다른 희극임을 말해 주기도 해요.

맥베스

"언젠가는 죽는 것이 사람이다.
사람의 인생이란 가련한 배우와 같지.
무대 위에서 그토록 안달을 해도 얼마 안 가서 영영 잊히는 거야."

맥베스와 뱅코 장군은 힘든 전쟁에서 승리를 거머쥐고 고향인 스코틀랜드로 돌아오고 있었어요. 맥베스와 뱅코 장군이 기쁨에 차 황야를 지날 때였어요. 갑자기 폭풍우가 쏟아지더니 비바람이 몰아치는 가운데 멀리서 그림자 세 개가 보였어요. 점점 가까이 다가오는 세 개의 그림자는 코가 길고 사람이 아닌 것처럼 괴상하게 보였어요. 바로 마녀들이었어요.

"권력을 얻기 위해서는 더러운 짓을 해야 해. 더러운 짓을 하면 권력을 얻을 수 있지."

마녀들은 알 수 없는 노래를 번갈아 불러 댔어요. 그리고 맥베스를 발견하더니 이렇게 외쳤지요.

"오오, 당신은 곧 글래미스의 영주이자 코더의 영주가 되실 겁니다. 그리고 장차 왕이 되실 맥베스여, 만세!"

맥베스는 의아해했어요.

"아버지가 돌아가셔서 내가 글래미스의 영주가 될 것은 알고 있지만 코더의 영주는 무슨 말이고 왕이 된다는 것은 또 무슨 말이냐?

"마녀들이 예언을 하나 봅니다. 어디, 나에 대해서도 말을 해 다오."

요한 휘슬리,
〈황야에서 맥베스와 뱅코 그리고 세 마녀〉

뱅코 장군이 앞으로 나서며 마녀들에게 물었어요.

"맥베스처럼 왕이 되지는 못해도 당신이 낳는 자손들이 대대손손 왕이 되실 분, 뱅코 만세!"

세 마녀는 그렇게 말하고는 이상한 노래를 부르기 시작했어요.

"아름다운 것은 더럽고, 더러운 것은 아름답다……."

그러더니 세 마녀는 안개 속으로 사라졌어요. 맥베스와 뱅코 장군은 순식간에 일어난 일에 그저 어안이 벙벙했어요. 하지만 마녀의 말이 쉽사리 머리에서 떠나지 않았어요.

잠시 뒤, 맥베스 일행은 왕이 보낸 사신을 만났어요. 그들은 스코틀랜드의 왕 덩컨의 명령으로 맥베스를 마중 나온 것이었어요. 덩컨 왕은 전쟁에서 이겼다는 소식을 듣고 매우 기뻐하고 있었어요. 그래서 잘 싸워 준 자신의 사촌 맥베스에게 무언가 상을 내리고 싶어서 영주 자리를 주기로 했어요.

사신은 맥베스 앞에 무릎을 꿇고 말했어요.

"축하드립니다. 맥베스 장군. 왕께서 당신의 공을 인정하여 글래미스의 영주이자 코더 영주로 임명하셨습니다."

"아니, 코더 영주는 아직 살아 계시지 않소?"

"물론 그렇지요. 하지만 그는 노르웨이군과 한통속인 것이 발각되어 곧 사형을 당하게 되었습니다."

갑자기 글래미스의 영주와 코더 영주가 된 맥베스는 어리둥절했어요. 그때 맥베스의 머릿속에 세 마녀가 말해 주었던 예언이 생각났어요.

'정말 세 마녀의 말대로 글래미스 영주와 코더 영주가 되었구나. 벌써 그 예언의 반 이상이 이루어지다니. 그렇다면 이제 왕이 된다는 예언만

'아름다운 것은 더럽고, 더러운 것은 아름답다'는 마녀들의 말은 무슨 뜻일까?

맥베스는 왕이 될 수 있다는 마녀들의 말에 강렬한 욕망을 느껴요. 왜냐하면 권력이란 아무나 가질 수 없어 고귀하고 아름다워 보이기 때문이지요. 그러나 맥베스는 이 아름다운 권력을 갖기 위해 수많은 사람들을 죽였어요. 자신의 앞길을 가로막는다고 생각하면 친구라도 살려 두지 않았어요. 결국 맥베스는 아름다운 권력을 가지는 데 성공하였지만 그 과정에서 많은 피를 손에 묻혔어요. 왕이 되기 위해 더러운 싸움을 했지만 맥베스는 포기할 수가 없었어요. 공포와 죄책감에 빠졌음에도 권력이라는 아름다움은 여전히 빛나 보였던 거예요. 즉, 아름다운 것을 가지려면 더러워지는 싸움도 해야 하고, 그 속에서 공포와 후회를 느껴도 아름다운 것을 포기할 수가 없는 거예요. 이처럼 가질 수 없는데도 갖고자 하는 사람의 욕망을 두고 마녀들은 '아름다운 것은 더럽고 더러운 것은 아름답다'고 말했어요.

마녀의 말을 너무 쉽게 믿은 것이 이상하진 않나요?

셰익스피어가 살던 시대의 사람들은 마녀의 존재를 믿었어요. 그 증거로는 마녀사냥이 있어요. 15~17세기까지 일어났던 마녀사냥은 왕에서부터 백성들까지 두려워하는 것이었어요. 증거도 없이 마녀라고 몰리면 바로 화형을 당했는데 이렇게 죽은 사람이 약 4만 명에서 10만 명으로 추측되고 있지요. 이처럼 셰익스피어가 살던 시대의 사람들은 마녀와 마녀가 부리는 마법 혹은 저주를 믿었어요. 현재의 우리들은 「맥베스」에서 등장하는 마녀들을 현실 세계를 벗어난 환상적인 것으로 생각하지만 당시 사람들은 평범한 일상의 소재로 받아들였어요.

이 남은 것인가.'

그런 맥베스의 마음을 눈치챈 뱅코 장군이 다가와 귓속말을 했어요.

"맥베스 장군, 마녀들의 예언은 하찮은 일에만 맞아 떨어질 뿐, 큰일에 있어서는 전혀 맞지 않습니다. 설마 장군께서 그런 허황된 소릴 믿고 왕의 자리를 욕심내는 건 아니겠지요?"

"아니 그게 무슨 말도 안 되는 소리인가? 내가 그런 말을 믿고 욕심낼 것 같나?"

맥베스는 펄쩍 뛰며 아니라고 했지만 속마음은 달랐어요. 두 가지 예언이 현실이 되고 나니 마음속으로는 슬그머니 세 번째 예언에 대한 기대가 생겨났어요.

왕이 될 욕심을 품은 맥베스는 일행들을 이끌고 포레스 성에 도착하자마자 곧바로 덩컨 왕에게 갔어요. 덩컨 왕은 맥베스 장군과 뱅코 장군을 보고 크게 기뻐하며 말했어요.

"맥베스! 그리고 뱅코 장군! 얼마나 수고가 많았소, 몸을 아끼지 않은 그대들의 활약에 고마울 따름이오. 나는 내 아들 맬컴을 황태자로 봉하여 오늘을 기념할 것이니 장군의 성으로 자리를 옮겨 기쁨을 나누도록 합시다."

"그럼 저는 먼저 출발하여 폐하를 맞을 준비를 하겠습니다."

맥베스는 그렇게 말하고 먼저 집으로 향했어요. 덩컨 왕 앞에서는 아무렇지 않은 척했지만 맥베스는 자신의 욕망으로 인해 떨리는 가슴을 간신히 진정시키고 있었지요.

'오, 별들이여, 빛을 감춰라. 왕의 자리를 탐내는 내 시커먼 야망이 드러나지 않도록.'

그때, 맥베스의 부인은 집에서 맥베스가 얼마 전에 보낸 편지를 읽고 있었어요.

부인, 마녀들이 미래에 대해 예언하기를, 내가 곧 글래미스 영주와 코더 영주를 지낸 뒤 왕이 될 것이라 하였소. 그런데 그 일이 있고 얼마 지나지 않아 정말 내가 코더 영주로 임명되었다오.

맥베스 부인은 자신의 남편이 왕이 될 것이라는 기대로 가

조지 캐터몰, 〈살인을 지시하는 맥베스〉

숨이 벅차올랐어요.

"남편은 예언대로 왕이 될 거야. 하지만 남편은 쓸데없이 정이 많고 냉정하지 못해 일을 망칠 수도 있어. 그러니 내가 직접 나서서 그를 왕으로 만들어야겠다."

잠시 뒤 하인 하나가 숨을 헐떡이며 들어왔어요.

"이제 곧 폐하가 이곳으로 오셔서 연회를 여신답니다. 맥베스 주인님께서는 연회 준비를 위해 한발 앞서 도착하셨습니다."

맥베스 부인은 때마침 좋은 기회가 왔다고 생각하며 회심의 미소를 지었어요. 그리고 맨발로 달려 나가 맥베스를 맞이하

며 물었지요.

"덩컨 왕께서는 언제까지 이곳에 머무르시나요?"

"내일 떠나실 거요."

"호호. 하지만 덩컨 왕은 내일 아침 싸늘한 시체가 되어 있을 거예요. 당신은 아무런 내색 말고 가만히 계세요. 모든 일은 제가 다 알아서 할 테니까요."

순간 맥베스는 오싹 소름이 끼쳤어요. 그 역시 왕을 몰아내고 대신 자리를 차지하고 싶었지만 욕망에 사로잡혀 섬뜩해진 부인의 모습을 보자 결심이 흔들렸어요. 맥베스가 어떻게 해야 좋을지 몰라 갈등하고 있는 사이, 덩컨 왕과 그의 아들들인 맬컴 왕자, 도널베인 왕자 일행이 도착했어요. 맥베스와 맥베스 부인은 속마음을 숨긴 채 그들을 반갑게 맞이했지요.

연회가 시작되자 덩컨 왕은 만족스런 웃음을 지으며 무척 즐거워했어요. 하지만 맥베스는 곧 밀려오는 죄책감에 마음이 편치 못했어요.

'왕께서는 나를 가까운 친척이자 듬직한 신하로서 믿고 아끼신다. 또한 덩컨 왕은 많은 이들의 존경을 받고 있기 때문에 살해된다면 신하들이 결코 가만있지 않을 거야.'

고민을 거듭하던 맥베스는 결국 부인을 붙잡고 말했어요.

작가 미상, 연극에서 맥베스와 그의 부인을 그린 작품

"그만둡시다. 나는 이미 부와 명예를 가지고 있는데 여기서 더 욕심을 부리다 벌을 받을까 두렵소."

"안 돼요! 이건 하늘이 준 기회라고요. 여기서 그만 두면 우린 평생 후회하게 될 거예요. 도대체 왜 그런 약한 소리를 하는 거죠?"

맥베스 부인은 흥분해서 소리쳤어요. 그리고 남편의 마음을 돌리기 위해 자신이 짠 계획을 들려주었지요.

"왕은 술에 취했으니 곧 잠자리에 들 거예요. 그럼 제가 왕을 지키는 시종들에게 술을 먹여 놓을게요. 그때 당신은 몰래 숨어 들어가 왕의 숨통을 끊어 버리세요. 내일 아침 왕의 시체가 발견되면 술 취한 시종들의 짓이라고 뒤집어씌우면 돼요."

주도면밀한 부인의 계획에 맥베스는 할 말을 잃었어요. 결국 부인의 성화에 못 이긴 그는 다시 마음을 다잡고 왕을 죽이기로 했어요. 그리고 부인과 함께 왕이 기다리고 있는 연회장으로 돌아갔어요.

한편 뱅코 장군은 좀처럼 잠을 이루지 못해 아들 플리언스와 산책에 나섰어요. 그때 그의 앞에 맥베스가 나타나 말을 걸어왔어요.

"장군에게 한 가지 궁금한 것이 있다네. 지난번 마녀들의 예언이 사실이라면 나를 도울 생각이 있는가?"

"권력에 욕심을 부리다가 모든 것을 잃게 되는 법입니다. 나는 언제나 폐하의 안전을 최우선으로 양심에 따라 행동할 것입니다."

문학 평론가

작가가 글을 쓰는 사람이라면, 문학 평론가는 작가나 작가의 글을 분석하고 비평하여 독자들이 그 작품의 이해를 돕는 데 도움을 주는 사람을 말해요. 대체로 작품을 분석할 때는 작가의 의도, 그 작품의 가치나 세계관, 또는 그 작품의 사회적 배경 그리고 그 작품을 통해 본 사회 전반에 대해 평론하기도 해요. 혹 우리가 어떤 작품을 읽어도 잘 이해하지 못할 때나 내가 느낀 것과는 달리 다른 사람들은 그 작품을 어떤 시선과 느낌으로 보았는지를 알고 싶을 때에 평론을 읽으면 그 작품을 더 풍성하고 깊이 있게 이해하는 데 도움이 되어요.

뱅코 장군은 맥베스의 질문에 단호히 대답하고는 아들과 함께 안으로 들어갔어요. 맥베스는 하는 수 없다는 듯 한숨을 쉬고는 시종을 불러 말했어요.

"마님께 가서 모든 준비가 끝나면 종을 치라고 전하여라."

시종이 아내인 맥베스 부인에게 가 버리자, 맥베스는 부인이 준비해 준 칼을 움켜쥐었어요. 그 칼은 왕을 지키는 경호원의 칼이었어요. 이제 곧 왕을 살해할 생각에 손이 덜덜 떨려 왔어요. 그런데 자신이 들고 있는 칼에 새빨간 피가 엉겨 붙어 있는 것이었어요.

"으악!"

맥베스는 깜짝 놀라 칼을 집어 던졌지만 다시 눈을 비비고 보니 아무 것도 묻어 있지 않은 깨끗한 칼이었어요.

"끔찍한 일을 꾸미니 환상까지 보이는구나."

그때, 왕을 살해할 모든 준비가 끝났음을 알리는 종소리가 들렸어요. 덩컨 왕의 경호원들은 맥베스의 아내가 건넨 술을 마시고 곤히 잠들어 있었어요. 맥베스는 심호흡을 크게 한 뒤 왕의 침실로 향했어요. 그리고 곤히 잠들어 있는 덩컨 왕을 칼로 찔렀어요. 맥베스는 자신이 한 일이 믿기지 않아 얼굴이 파랗게 질린 채 왕의 침실에서 나왔어요. 맥베스의 손에는 피 묻은 경호원의 칼이 들려 있었어요. 왕의 침실에서 나오던 맥베스는 맥베스 부인과 마주쳤어요. 맥베스는 덜덜 떨며 부인에게 말했어요.

"왕을 해치웠소."

"쉿, 조용히 하세요. 옆방에 맬컴과 도널베인 왕자가 함께 자고 있어요."

그러나 맥베스의 떨림은 쉽게 가라앉지 않았어요. 맥베스 부인은 그제야 남편 손에 들린 칼을 보고 말했어요.

"아니, 그 칼은 왜 들고 오셨어요? 제가 침실 앞 경호원 손에 쥐어 놓고 오라고 말씀드리지 않았나요? 어서 다시 경호원에게 다녀오세요. 지금도 곯아떨어져 있을 테니."

하지만 겁에 질린 맥베스는 아무 생각을 할 수 없었어요. 그저 그 자리에 서서 덜덜 떨기만 했어요. 보다 못한 맥베스 부인은 남편의 손에서 피 묻은 칼을 빼앗았어요. 그리고 조금도 망설이는 기색 없이 방을 나가 칼을 경호원의 손에 다시 쥐여 주고 돌아 왔어요. 그리고 맥베스와 부인은 서둘러 자신들의 침실로 돌아갔어요.

호평과 혹평

어떤 작품을 아주 좋게 평가하는 것을 호평이라 하고 아주 나쁘게 평가하는 것을 혹평이라고 해요. 대체로 문학 작품들은 어떤 평론가들에게는 호평을 받기도 하고 어떤 평론가들에게는 혹평을 받기도 해요. 평론이란 어떤 관점에서 보느냐에 따라 평가가 다를 수 있기 때문이에요. 또 어떤 작품은 그 작가가 살아 있던 시대에는 혹평을 받다가 작가가 죽은 후 수백 년이 흘러 엄청난 호평을 받기도 해요. 이런 경우는 시대가 작품을 제대로 평가하지 못한 경우에요. 그런데 셰익스피어 작품은 그가 살아생전에도 호평을 받았을 뿐 아니라 그가 죽은 후에도 계속 호평이 이어졌어요.

다음 날 덩컨 왕의 신하인 맥더프가 맥베스를 찾아왔어요.

요한 조파니, 〈맥베스 역의 데이비드 개릭과 맥베스 부인 역의 한나 프리처드〉

"맥베스 장군님!"

맥베스는 이제 막 잠에서 깬 것처럼 보이기 위해 잠옷으로 갈아입고 맥더프를 맞이했어요.

"맥더프, 이른 아침부터 무슨 일이오?"

"맥베스 장군님, 이른 아침부터 죄송합니다. 폐하의 침실이 어딘지 알 수가 없어서 말이지요. 일찍 깨워 달라고 부탁을 하셨거든요."

맥베스는 맥더프를 왕의 침실로 안내했어요. 맥더프가 덩컨 왕을 깨우기 위해 왕의 침실로 들어간 뒤 얼마 지나지 않아 심상치 않은 고함이 성안 가득 울려 퍼졌어요.

"큰일 났소! 폐하께서 살해당하셨소!"

맥베스는 그 소리를 듣자마자 몰래 침실로 들어가 가까이에서 곯아떨어져 자고 있던 경호원들을 죽였어요. 그 사이 왕을 깨우러 갔던 맥더프는 아무것도 모른 채 뛰쳐나와 미친 듯이 비상종을 울렸어요. 비상종이 요란하게 울리자 맥베스 부인에 이어 뱅코 장군과 맬컴 왕자, 도널베인 왕자가 뛰어나왔어요. 그들은 왕이 살해되었다는 소식을 듣고 엄청난 충격에 휩싸였어요.

"아니, 도대체 누가 아바마마를……!"

도널베인 왕자가 놀라자 맥더프가 상황을 설명했어요.

"폐하의 경호원들 짓인 것 같습니다. 온몸이 피투성이인 데다가 그들의 칼이 베갯머리에 놓여 있었습니다. 그리고 두 놈 다 술에 취해 제정신이 아닌 듯 보였습니다."

"그렇다면 그놈들은 어디에 있소?"

왕자가 다그쳐 묻자 맥베스가 이때다 싶어 대답했어요.

"내가 단칼에 베어 죽였소. 왕께서 피투성이가 되어 쓰러져 계시고 그 두 놈들은 피 묻은 칼을 들고 서 있는데 다른 무슨 생각을 할 수 있단 말이오."

하지만 뱅코 장군은 맥베스의 말이 미심쩍게 들렸어요. 그래서 그는 덩컨 왕을 지키지 못했다는 죄책감에 슬퍼하며 꼭 범인을 잡아내겠다고 맹세했어요. 맥더프와 많은 신하들도 범인을 꼭 찾아내야 한다고 목소리를 높였어요.

그러나 두 왕자는 이들 중 누구도 믿을 수 없었지요. 아버지의 갑작스런 죽음에 두려움을 느낀 것이었어요. 도널베인 왕자는 맬컴 왕자에게 속삭였어요.

"아바마마의 일은 슬프지만 우선 얼른 몸을 숨기자. 이대로 있다간 우리도 무슨 일을 당할지 모른다."

맬컴 왕자는 조용히 고개를 끄덕였어요. 결국 맬컴 왕자는 잉글랜드로, 도널베인 왕자는 아일랜드로 피신했어요.

이렇게 사건이 벌어지자마자 왕자들이 몰래 도망치니 사람들은 그들이 덩컨 왕을 죽인 범인일 것이라 생각했어요.

"권력에 눈먼 왕자들이 경호원들을 시켜 아버지를 살해한 것이 틀림없소."

"들킬까 봐 도망을 간 것이로군."

"그럼 이제 누가 덩컨 왕의 뒤를 이어야겠소?"

"가장 가까운 친척인 맥베스 장군이 왕이 되는 게 옳지 않겠소?"

이렇게 해서 맥베스는 마녀들의 말대로 새로운 왕이 되었어요. 하지만 맥베스와 그의 부인은 바늘방석에 앉은 것처럼 마음이 불편했어요. 그리고 매일 밤 악몽에 시달렸지요. 마녀들이 뱅코 장군에게 한 예언이 가슴에 박힌 가시처럼 거슬렸기 때문이에요.

'분명 뱅코의 자손들이 대대로 왕이 된다고 했다. 그렇다면 내가 뱅코의 후손들을 위해 왕을 죽인 것이 되지 않는가. 내가 겨우 차지한 왕의 자리를 이렇게 빼앗길 순 없다.'

불안해진 맥베스는 부인에게 이 사실을 털어놓았어요. 그러자 맥베스 부인은 자객 두 명을 몰래 불러 뱅코 장군과 그의 아

「맥베스」의 탄생

「맥베스」는 셰익스피어의 4대 비극 중 마지막 작품이에요. 「맥베스」는 1606년 여름에 덴마크 왕이 영국을 방문했을 때 궁정에서 상연하기 위해 셰익스피어가 쓴 것이라고 해요. 이 비극을 소재로 한 오페라로는 베르디가 작곡한 4막 가극이 있고, 리하르트 슈트라우스가 작곡한 교향시 등이 있어요. 스코틀랜드를 배경으로 전개되는 이 작품은 셰익스피어의 작품 중 가장 짧고 극이 급속하게 전개되어 시종일관 긴장감이 넘치는 작품이에요. 또 마녀들이 등장하며 환상적이고 초자연적인 요소가 보이는 점도 중요한 특징이에요. 「맥베스」는 욕심에 눈이 멀어 결국은 파국으로 치닫게 되는 주인공을 통해 인간의 비극적인 단면을 보여 주고 있어요.

윌리엄 리머, 〈마녀의 주술과 환영〉

들 플리언스를 처치하라고 명령했어요.

얼마 후 왕이 된 맥베스를 축하하기 위해 궁에서는 성대한 연회가 열렸어요. 많은 귀족들이 맥베스 왕을 축하하며 연회를 즐기고 있었어요. 맥베스와 맥베스 부인은 겉으로는 축배를 들며 웃고 있었지만 속으로는 불안해하고 있었어요. 그때, 뱅코 장군과 그의 아들을 죽이라고 보냈던 자객이 들어와 맥베스에게 낮은 목소리로 속삭였어요.

"뱅코 장군은 무사히 해치웠지만 그 아들 플리언스는 놓치고 말았습니다."

맥베스는 안심이 되었지만 아직 그의 아들이 살아 있는 것을 알고 초조해졌어요. 그때 시종이 다가와 말했어요.

"폐하, 어서 자리에 앉으십시오."

맥베스는 주변을 둘러보며 갸우뚱하며 말했어요.

"내가 앉을 빈자리가 없구나. 자리가 꽉 찼어."

"폐하, 무슨 말씀이십니까? 여기 이렇게 폐하를 위한 빈자리가 있는데……."

그러나 시종이 가리킨 자리에는 스무 번이나 칼에 찔려 피투성이가 된 뱅코 장군의 처참한 시체가 앉아 있었어요.

"으악! 저, 저게 무엇이냐!"

놀란 맥베스는 들고 있던 잔을 떨어뜨렸어요. 하지만 뱅코 장군의 유령은 맥베스의 눈에만 보일 뿐 다른 사람에게는 보이지 않았지요. 시종들과 연회장에 모인 귀족들은 의아하게 맥베스를 쳐다보았어요. 맥베스는 자리에 주저앉아 벌벌 떨며 소리쳤어요.

"나, 나는 해치지 않았다! 내가 자넬 해친 게 아니야!"

맥베스의 말에 연회장에 모인 사람들이 웅성대기 시작했어요. 당황한 맥베스 부인은 사람들의 시선을 돌리기 위해 축배를 들자고 했지만 이미 연회를 계속할 분위기가 아니었어요. 사람들이 하나둘 연회장을 떠나자 맥베스 부인이 답답함에 소리를 질렀어요.

"갑자기 왜 그러시는 거예요!"

"안되겠소. 자꾸 눈앞에 이상한 것들이 보이오. 내일 날이 밝으면 당장 마녀들에게 가 봐야겠소."

기진맥진한 맥베스는 침실로 돌아가 억지로 잠을 청했어요.

천둥 번개가 치던 그날 밤, 헤카테는 세 마녀를 불러 모았어요. 헤카테는 온갖 재앙을 만들어 내는 마녀들의 우두머리였어요. 헤카테는 세 마녀들에게 화를 냈어요.

"건방지고 뻔뻔스러운 마녀들 같으니, 감히 너희들이 천기를 누설해?"

세 마녀들이 잘못했다고 벌벌 떨고 있는 모습을 보던 헤카테는 콧방귀를 뀌고 말했어요.

"무엇보다 내가 직접 재앙을 내리지 못한 것이 분해. 너희들만 재미있게 놀았다 이거지? 맥베스란 자도 괘씸하구나. 예언을 들었으면 그에 맞는 보답을 해야 할 것 아니야?"

헤카테는 씩씩대다가 세 마녀들에게 말했어요.

"새벽에 지옥의 아케론 강에 갈 테니, 그곳에 마법 도구와 주문을 준비해 놓으렴. 그러면 맥베스가 자기 운명을 알아보기 위해 찾아올 테니까. 그놈은 자기 자만심 때문에 반드시 파멸하게 될 거야."

그리고 헤카테는 깔깔 웃으며 사라져 버렸어요.

그 무렵, 스코틀랜드의 귀족들은 동요하고 있었어요. 뱅코 장군이 살해당했다는 이야기를 들었기 때문이었어요.

"뱅코 장군의 아들 플리언스가 도망갔다는데 그가 아버지인 뱅코 장군을 죽인 것이 아니오?"

"덩컨 왕도 왕자들이 죽인 것으로 알고 있는데 또다시 친아들이 아버지를 죽인 사건이 터지다니, 이게 어찌된 일이오?"

모두들 덩컨 왕도, 뱅코 장군도 각자의 아들에게 죽임을 당했다고 생각했지만 오직 맥더프만은 맥베스가 덩컨 왕과 뱅코 장군을 죽였다고 확신하고 있었어요. 덩컨 왕이 죽자마자 맥베스가 기다렸다는 듯 그 자리를 꿰찬 것이 뭔가 석연치 않았던 거예요.

"맬컴 왕자가 머무는 잉글랜드와 힘을 합쳐 그 못된 맥베스를 없애고

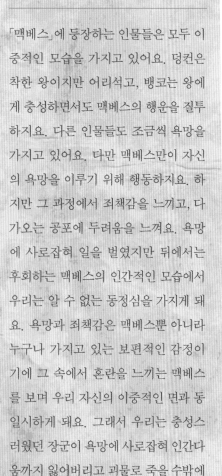

맥베스가 극악한 죄인이지만 미워할 수 없는 이유는?

「맥베스」에 등장하는 인물들은 모두 이중적인 모습을 가지고 있어요. 덩컨은 착한 왕이지만 어리석고, 뱅코는 왕에게 충성하면서도 맥베스의 행운을 질투하지요. 다른 인물들도 조금씩 욕망을 가지고 있어요. 다만 맥베스만이 자신의 욕망을 이루기 위해 행동하지요. 하지만 그 과정에서 죄책감을 느끼고, 다가오는 공포에 두려움을 느껴요. 욕망에 사로잡혀 일을 벌였지만 뒤에서는 후회하는 맥베스의 인간적인 모습에서 우리는 알 수 없는 동정심을 가지게 돼요. 욕망과 죄책감은 맥베스뿐 아니라 누구나 가지고 있는 보편적인 감정이기에 그 속에서 혼란을 느끼는 맥베스를 보며 우리 자신의 이중적인 면과 동일시하게 돼요. 그래서 우리는 충성스러웠던 장군이 욕망에 사로잡혀 인간다움까지 잃어버리고 괴물로 죽을 수밖에 없는 그 비극적 상황에 동정을 보내는 거예요.

말겠다."

맥더프는 잉글랜드의 백작들과 손을 잡고 스코틀랜드의 맥베스를 없애기로 마음먹었어요. 그 소식을 들은 맥베스는 단단히 화가 나서 전쟁 준비에 들어갔어요.

깊은 동굴 속에서 세 마녀들은 헤카테의 명령에 따라 노래를 부르며 마법 약을 만들고 있었어요.

"늪에서 잡은 뱀, 도롱뇽의 눈알과 개구리 발가락, 박쥐 털과 개 혓바닥. 끓어라, 끓어라. 늑대의 이빨과 염소 쓸개, 터키인의 코 그리고 호랑이 내장까지. 펄펄 끓어라."

이것을 지켜보던 헤카테는 흡족한 듯 세 마녀와 함께 노래를 부르다 사라졌어요. 그때 맥베스가 들어와 마녀들을 향해 물었어요.

"이보시오. 그대들에게 물어볼 것이 있소. 부디 속 시원하게 답해 주오."

그러자 마녀들은 마치 무엇을 물어볼 것인지 알고 있다는 듯이 말했어요.

"알겠습니다. 맥베스 왕이시여, 당신은 듣기만 하세요. 지옥

헨리 퓌젤리, 〈무장한 머리의 환영을 저주하는 맥베스〉

에 있는 마녀들아! 이리 나오너라."

세 마녀가 솥에 재료를 넣으며 주문을 외우자, 솥 안에서 맥베스와 같은 투구를 쓴 마녀의 환영이 쓰윽 올라와 말했어요.

"맥베스, 맥더프를 조심하라."

투구를 쓴 마녀가 솥 안으로 사라지자 이번에는 피투성이 아기의 환영이 나타났어요.

"여인의 몸에서 태어난 자는 절대 맥베스를 해칠 수 없다."

이번엔 손에 나뭇가지를 들고 왕관을 쓴 마녀의 환영이 나타났어요.

"버어남 숲의 나무가 언덕을 넘어오기 전까지 맥베스는 절대 지지 않으리."

이 말을 듣고 맥베스는 안심했어요. 왜냐하면 여인의 몸에서 태어나지 않은 사람은 이 세상에 없었으니까요. 그러니 맥베스를 무찌를 수 있는 사람은 아무도 없다는 것과 마찬가지였어요. 게다가 나무가 스스로 언덕을 넘어올 리 없었어요. 맥베스는 안도의 한숨을 내쉬면서도 개운치 않는 점이 있었어요.

"그렇다면 뱅코 장군의 자손이 왕이 된다던 예언은 도대체 어떻게 된 것이냐? 그것도 이루어진다는 것이냐?"

그러자 이번엔 마녀의 환영이 사라지면서 여덟 명의 왕이 나타나 한 줄로 동굴을 가로질러 갔어요. 일곱 번째와 여덟 번째 왕은 각각 손에 거울을 들고 있었고 그 뒤를 뱅코 장군의 유령이 따라가고 있었지요. 온몸이 피범벅이 된 뱅코 장군은 앞에 있는 왕들을 손으로 가리켰어요. 자신의 자손이라는 뜻이었지요. 뱅코 장군이 싸늘하게 웃으며 지나가자 세 마녀들 또한 노래를 부르며 사라졌어요.

"뱅코 장군의 자손들이 대대손손 왕이 될 것이다."

맥베스는 그것을 보고는 너무 놀라 정신을 잃고 쓰러지고 말았어요. 한참 후, 맥베스가 깨어나 보니 맥베스의 부인이 걱정스러운 듯 쳐다보고 있었어요. 맥베스는 자신이 보았던 것을 부인에게 이야기했어요. 그러자 맥베스 부인의 표정이 굳어

뱅코 장군의 후손들은 정말 스코틀랜드의 왕이 되었을까?

마녀들은 맥베스와 뱅코의 자손들이 스코틀랜드의 왕이 될 것이라고 예언했고 정말로 맥베스는 왕이 되었어요. 그럼 뱅코의 자손들도 왕이 되었을까요? 역사를 살펴보면, 1040년, 맥베스가 덩컨 왕을 죽이고 스코틀랜드의 왕위에 올라요. 이때, 뱅코는 셰익스피어의 작품과는 달리 맥베스와 힘을 합쳤어요. 하지만 1057년에 덩컨의 아들 맬컴이 맥베스를 죽이고 왕위를 되찾았어요. 그 당시 잉글랜드와의 전투에서 패해 잉글랜드의 간섭 아래 있던 스코틀랜드는 잉글랜드가 스코틀랜드를 직접 통치하려고 하자 뱅코의 자손인 로버트 브루스를 중심으로 반란을 일으켜요. 결국 잉글랜드 왕이 로버트 브루스를 스코트랜드의 왕으로 인정하여 1371년 스튜어트 왕조가 만들어졌어요. 그 후 엘리자베스 1세가 뒤를 이을 자식 없이 죽자 스튜어트 왕조의 제임스 6세가 잉글랜드의 왕이 되었으며 1707년 영국으로 통합되어 현재까지 영국 연방의 한 자치주로 남아 있어요.

조슈아 레이놀즈가 그린 〈맥베스와 마녀들〉을 로버트 슈가 동판화로 제작한 작품

지더니 맥베스에게 단호하게 말했어요.

"안되겠어요. 더 많은 사람들을 죽여서라도 당신의 왕위를 지켜 내야만 해요."

맥베스는 힘없이 고개만 끄덕일 뿐이었어요. 그때 신하 한 명이 동굴로 들어와 말했어요.

"왕이시여, 맥더프가 잉글랜드로 도망갔다 하옵니다."

"뭐라고? 도망을 가?"

맥베스는 맥더프가 잉글랜드와 손을 잡을 것이 두려워졌어요. 잘못하다간 자신이 맥더프에게 죽임을 당할지 모른다는 생각이 들자 등줄기에 식은땀이 흘렀어요. 맥베스는 신하를 불러 명했어요.

"반역자가 어떻게 되는지 본때를 보여 주겠다. 당장 맥더프의 가족들을 모두 몰살시켜 버려라!"

결국 맥더프의 부인과 아들들은 이유도 모른 채 죽임을 당하고 말았어요.

한편, 맥더프는 가족들이 끔찍한 죽임을 당한 줄은 까맣게 모르고 잉글랜드로 가 맬컴 왕자를 만나고 있었어요.

왜 「맥베스」의 배경은 스코틀랜드일까?

셰익스피어는 스코틀랜드의 역사가 홀린셰드가 기록한 『스코틀랜드 연대기』에서 「맥베스」의 소재를 빌려 왔어요. 또한 「맥베스」가 처음 만들어져서 상연된 시기가 1605~1606년이라고 알려져 있는데, 이 시기는 1603년에 엘리자베스 1세가 죽고 제임스 1세(스코틀랜드의 제임스 6세)가 영국의 왕위에 오른 시기와 비슷했어요. 그러다 보니 「맥베스」의 배경은 자연스레 스코틀랜드가 되었어요.

"전하, 어서 용사답게 칼을 들고 스코틀랜드를 구해야 합니다. 매일 억울하게 죽는 사람들이 생겨나고 남편과 아버지를 잃은 과부와 고아들이 울부짖고 있습니다. 스코틀랜드는 맥베스의 포악하고 가혹한 정치에 눈물을 흘리고 있습니다."

맥더프는 스코틀랜드의 상황을 설명하며 맬컴 왕자에게 간곡히 말했어요. 하지만 맬컴 왕자는 그를 믿을 수 없었어요.

"오, 슬픈 일이오. 하지만 한때는 맥베스도 우리가 정직하다고 믿었던 사람이 아닌가? 그런 사람도 변하는 마당에 내가 어떻게 맥더프 당신을 믿을 수 있겠소? 내 목숨을 가지러 왔다면 어서 가져가시오. 내 머리를 바친다면 아마도 맥베스가 기뻐할 것이오."

"전하, 절대 저는 전하를 배신하지 않습니다."

"미안하지만 그 말을 믿을 수 없군."

맬컴 왕자의 시큰둥한 반응에 맥더프는 기운이 빠졌어요. 가족까지 뒤로하고 죽음을 불사할 각오로 왔지만 그런 자신을 믿지 못하는 맬컴 왕자에게 더 이상 할 말이 없었어요. 맥더프는 한숨을 푹 내쉬며 말했어요.

"그럼 안녕히 계십시오. 더 이상 왕자님께 드릴 말씀이 없습니다."

"맥더프, 노여워하지 마오. 하지만 나의 악덕과 비교한다면 저 맥베스도 눈같이 순수해 보일 것이오. 맥베스의 죄란 잔인, 호색, 탐욕, 허위, 사기 정도지만 난 그 이상이오. 난 남의 아내든, 딸이든, 처녀든 모든 여자를 사랑했다오. 이런 나보다 차라리 맥베스가 낫지 않겠소?"

"맬컴 왕자님께서 왕이 되시면 많은 여인들이 왕자님 곁에 있기를 바랄 것입니다."

"그뿐만 아니오. 난 타고난 욕심이 너무 커서 남의 것을 빼앗을수록 욕심은 더욱 커지기만 한다오."

"스코틀랜드의 풍부한 자원은 남의 것을 빼앗지 않고도 왕자님의 욕망을 채울 수 있을 것입니다. 왕자님의 다른 미덕으로 보상된다면 아무 문제없지요."

"하지만 그만한 미덕이 내겐 없소. 미덕은 하나도 없고 다만 죄악이란 죄악은 모두 지니고 있으니 내가 권력을 잡게 되면 세상의 질서를 어지럽히게 될 것이오. 이런 사람도 나라를 다스릴 자격이 있는지 다시 한 번 생각해 보시오."

맬컴 왕자의 말에 맥더프는 탄식했어요.

"아, 불쌍한 스코틀랜드. 언제쯤 약탈자 맥베스의 지배에서 벗어날 것인가. 덩컨 왕과 왕비님은 성자 같은 분들이었습니다. 하지만 왕자님은 왕실의 계승권을 스스로 저주하고 자신

『맥베스』가 걸작으로
칭송받는 이유

『맥베스』가 걸작으로 칭송받는 이유는 왕위를 빼앗은 인물이 몰락한다는 권선징악적 내용을 담고 있지만 단순히 그것을 교훈으로 내세운 작품이 아니기 때문이에요. 바로 욕망에 집착하면서 죄를 저지르지만 매일 밤마다 지독한 악몽을 꾸면서 괴로워하고, 그럼에도 욕망에서 벗어날 수 없는 인간의 본질을 그리고 있기에 걸작인 거예요. 결국 『맥베스』는 우리에게 '어떤 인간으로 살아야 하는 것일까?'라는 질문을 던져 주고 있어요.

의 혈통조차 거부하고 계시니⋯⋯. 저는 스코틀랜드에서 영원히 추방당했을 뿐만 아니라 지금 이 순간, 모든 희망을 잃었습니다."

맥더프는 이렇게 하늘을 원망하며 돌아섰어요. 그러나 왕자는 지금까지 엉뚱한 말로 맥더프를 시험했던 것이었어요. 맬컴 왕자는 그제야 맥더프에 대한 의심을 풀고 그의 손을 덥석 잡았어요.

"맥더프, 경의 진실한 말들이 내 마음속의 의혹을 깨끗이 씻어 주었소. 맥베스가 많은 사람들을 보내 나를 꾀었기 때문에 쉽게 사람을 믿지 않았을 뿐이오. 나는 아직 여자의 손도 한 번 잡아 본 적이 없는 사람이라오. 그리고 재물은 내 것조차 욕심 내지 않았소. 거짓말이라곤 아까 한 것이 처음이오. 실은 경이 이곳에 오기 전, 숙부께서 만 명의 군사를 거느리고 스코틀랜드로 가셨다오. 자, 우리도 어서 뒤를 따릅시다."

맥더프는 어리둥절해진 정신을 가다듬고 떠날 채비를 서둘렀어요. 그때 병사가 나타나 스코틀랜드의 상황을 전했어요.

"전하, 스코틀랜드의 형편이 너무나 비참합니다. 누구 하나 웃는 사람이 없고 울음소리만 하늘을 찌릅니다. 그리고 맥더프 경의 가족들은⋯⋯."

"아니, 내 가족들이 어쨌단 말이오? 어서 말해 보시오!"

맥더프가 병사를 재촉했어요.

"맥더프 경의 부인과 자녀들, 하인들 할 것 없이 모두 죽임을 당하고 말았습니다."

맥더프는 참을 수 없는 슬픔이 북받쳐 올랐어요. 맥더프는 이를 악물고 전쟁에서 승리하여 복수하기로 하고 칼을 높이 빼들었어요.

"하느님, 어서 맥베스, 그 악마와 맞서게 해 주소서."

그 무렵 왕비가 된 맥베스 부인에 대해 이상한 소문이 떠돌았어요. 바로 몽유병을 앓고 있다는 소문이었어요. 그래서 왕비를 모시는 시녀와 의사는 소문을 확인하기 위해 몰래 숨어 왕비를 지켜보기로 했어요.

과연 밤이 되자 소문대로 왕비는 촛불을 들고 자신의 침실에서 걸어 나왔어요. 그리고 몇 번이고 손을 씻으며 중얼거렸지요.

헨리 퓨젤리, 〈몽유병에 걸린 맥베스 부인〉

"아, 아직도 피가 지워지지 않는구나. 덩컨 왕의 피다. 뱅코 장군의 피다. 아, 아직도 손에서 피비린내가 난다. 아무리 씻어도 아무리 독한 향수를 뿌려도 지워지지 않는구나."

모든 사실을 들은 의사는 고개를 저었어요. 왕비의 병은 누구도 고칠 수 없다고 판단했기 때문이지요.

"하느님, 이 죄인을 용서해 주소서."

의사는 중얼거리고 발길을 돌렸어요.

맥베스와 그의 부인이 죄책감에 몸부림칠 때, 많은 병사들이 공격 준비를 갖추고 맥베스가 있는 성 주변으로 모여들었어요. 이들은 맥베스의 포악한 정치를 참다못해 모여든 스코틀랜드의 귀족과 신하들이었어요.

뿐만 아니라 잉글랜드에서는 맬컴 왕자를 중심으로 뭉친 만여 명의 군대가 오고 있었어요. 복수심에 불타는 맥더프와 잉글랜드군까지 힘을 합치니 그 수는 어마어마했어요. 이윽고 맬컴 왕자의 군대는 스코틀랜드의 봉기군과 합류해 각자 버어남 숲에서 꺾은 나뭇가지로 위장했어요. 이렇게 하면 많은 병력을 숨길 수 있기 때문이었어요.

한편, 맥베스는 맬컴 왕자가 잉글랜드군을 몰고 온다는 보고를 듣고도 느긋했어요.

"흥, 그깟 보고는 이제 안 들어도 상관없다. 그놈들 모두 여인의 몸에서 태어났으니 두려워할 것 없다. 마녀들이 예언하지 않았더냐. 여인이 낳은 자는 절대 나를 이길 수 없다고 말이다. 그렇게 시퍼렇게 질린 얼굴로 보고는 무슨 보고냐? 못난 놈, 차라리 죽어 버려라."

맥베스는 보고하러 온 병사에게 버럭 화를 냈어요.

그때 바깥에 있던 병사들이 소리를 질렀어요.

"적들이 왔다! 적들이 왔다! 성을 포위하고 있다!"

하지만 맥베스는 아직도 자신만만했어요.

"포위하겠다고? 흥, 너희들은 절대 이 성을 차지할 수 없을 것이다."

존 싱어 사전트, 〈맥베스 부인 역의 엘렌테리〉

그때, 시종이 맥베스에게 급히 달려왔어요.

"폐하, 왕비님께서 운명하셨습니다."

맥베스는 그 말을 듣고 말문이 막혔어요. 잠시 아무 말이 없던 맥베스는 하늘을 보며 중얼거렸어요.

"언젠가는 죽는 것이 사람이다. 사람의 인생이란 가련한 배우와 같지. 무대 위에서 그토록 안달을 해도 얼마 안 가서 영영 잊혀지는 거야."

맥베스의 가슴속은 쓸쓸함으로 가득 찼어요. 하지만 맥베스가 마음을 추스르기도 전에 정찰병 한 명이 다급히 뛰어 들어왔어요.

"버어남 숲이 걸어오고 있습니다."

"뭐라고? 네가 감히 누구 앞에서 거짓말을 지껄여 대고 있느냐!"

"사실이 아니라면 제 목숨을 내놓겠습니다. 제가 두 눈으로 똑똑히 본 것입니다. 숲이 점점 다가오고 있습니다."

맬컴 왕자의 부대와 봉기군들이 버어남 숲의 나뭇가지로 위장하여 걸어오는 것이 마치 버어남 숲이 걸어오는 것처럼 보였던 거예요. 왕비를 잃은 슬픔과 마녀들이 예언했던 말이 깨지자 당혹감에 맥베스는 어찌할 줄을 몰랐어요.

"아니야, 그럴 리가 없다. 버어남 숲이 걸어오고 있다면 내 운명은 어찌 된단 말이냐. 하지만 벌써부터 걱정할 필요는 없을 것이다. 비록 버어남 숲이 걸어오긴 했지만 세상에 여인이 낳지 않은 사람은 없으니 무서워할 사람은 없다. 당장 무기를 챙겨라. 싸우러 나

맥더프는 어떻게 맥베스를 해칠 수 있었을까?

마녀들은 "여자가 낳은 자는 맥베스를 죽일 수 없다. 버어남 숲의 나무가 높은 언덕을 넘어오기 전까지 맥베스는 절대 지지 않는다"고 예언을 했어요. 그러나 맥더프는 이것을 모두 극복하고 맥베스를 물리쳤어요. 어떻게 된 일일까요? 첫째, 맥더프는 어머니의 배를 가르고 나왔는데 이는 제왕절개를 의미하는 거예요. 즉, 어머니 뱃속에 있었던 것은 맞지만 여자가 직접 낳았다고는 볼 수 없지요. 둘째, 맬컴 왕자와 군사들은 나뭇가지를 꺾어서 변장을 해요. 멀리서 보면 버어남 숲의 나무가 언덕을 넘어오는 듯한 모습이었지요. 엄밀히 말하면 마녀들의 말도 틀린 것은 아니었어요. 마녀들의 예언은 다양한 각도로 해석될 수 있었는데, 맥베스는 자신에게 유리한 대로만 풀이하고 믿었던 거예요.

제임스 아처, 〈맥베스 역의 헨리 어빙〉

가자!"

맥베스는 이성을 잃은 채 성문을 열고 돌진했어요.

한편, 맬컴 왕자가 이끄는 군대는 어느새 성문 앞까지 다다랐어요. 그들은 몸을 가리고 있던 나뭇가지를 걷어낸 뒤 함성을 지르며 맥베스가 있는 성을 공격했어요.

그때 성문을 열고 나온 맥베스가 맥더프를 향해 외쳤어요.

"맥더프, 헛수고하지 마라. 난 여자가 낳은 놈 앞에서는 절대 쓰러지지 않는다."

그러자 맥더프는 맥베스의 말을 비웃으며 말했어요.

"그래? 그럼 네가 항상 믿어 왔던 마녀들에게 가서 다시 물어보아라. 나 맥더프는 열 달이 차기 전에 어머니 배를 가르고 나온 사람이거든."

그의 말을 듣자마자 맥베스의 눈앞이 캄캄해졌어요. 맥더프는 보통 사람들과 달리 정상적으로 여인의 몸에서 태어난 것이 아니었으니까요. 맥베스는 기운이 쭉 빠져 중얼거렸어요.

"더러운 마녀들 같으니. 애매모호한 예언으로 마지막에 가서는 크게 배신을 하고 마는구나."

맥베스는 자신의 운명을 거역하고 싶었어요. 그러나 치열한 결전 끝에 맥더프의 칼에 쓰러지고 말았지요. 결국 마녀들의 예언이 전부 맞은 것이었어요. 성은 함락되었고 병사들은 폭군을 무찔렀다는 기쁨에 노래를 불렀어요. 이렇게 스코틀랜드는 평화를 되찾을 수 있었어요.

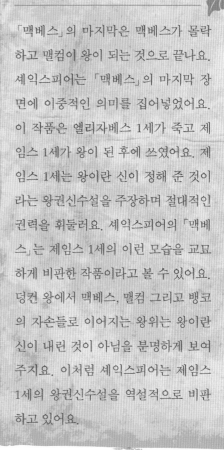

셰익스피어의 숨겨진 의도

「맥베스」의 마지막은 맥베스가 몰락하고 맬컴이 왕이 되는 것으로 끝나요. 셰익스피어는 「맥베스」의 마지막 장면에 이중적인 의미를 집어넣었어요. 이 작품은 엘리자베스 1세가 죽고 제임스 1세가 왕이 된 후에 쓰였어요. 제임스 1세는 왕이란 신이 정해 준 것이라는 왕권신수설을 주장하며 절대적인 권력을 휘둘러요. 셰익스피어의 「맥베스」는 제임스 1세의 이런 모습을 교묘하게 비판한 작품이라고 볼 수 있어요. 덩컨 왕에서 맥베스, 맬컴 그리고 뱅코의 자손들로 이어지는 왕위는 왕이란 신이 내린 것이 아님을 분명하게 보여 주지요. 이처럼 셰익스피어는 제임스 1세의 왕권신수설을 역설적으로 비판하고 있어요.

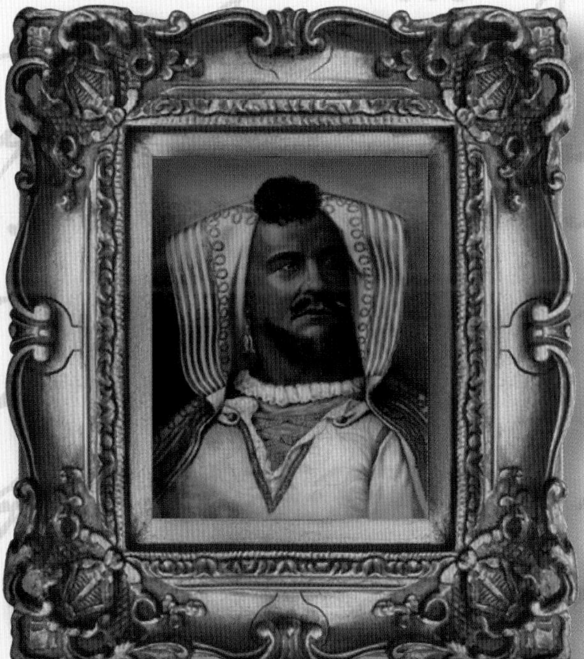

오셀로

"아무리 깃털처럼 가볍고 하찮은 물건이라도
질투심에 사로잡힌 자에게는
성경 말씀만큼 확실한 증거가 되어 주지."

"들어 보세요, 로데리고 나리. 어떻게 나를 부관 심사에서 탈락시킬 수가 있단 말입니까?"

이아고는 원통하다는 듯 로데리고에게 푸념을 늘어놓았어요.

"자네는 부관 자리에 오르기 위해서 온갖 방법을 다 써 보지 않았나?"

"예, 예. 그랬습죠. 그런데 오셀로 장군은 내가 아닌 카시오란 녀석을 부관으로 임명했단 말입니다. 그 카시오란 놈은 피렌체 출신이라 전쟁을 한 경험도 없잖습니까. 그놈에 비해 나는 로스 섬, 키프로스 섬에서 공을 세우지 않았냐고요!"

이아고는 분통이 터지는지 주먹으로 가슴을 쳐 댔어요.

"자넨 그런 일을 당하고도 가만히 있었나? 나 같으면 오셀로의 목을 잘라 놓았겠네."

이야기를 듣고 있던 로데리고도 씩씩대며 칼을 휘두르는 시늉을 했어요. 그는 베니스의 귀족으로 데스데모나를 짝사랑하고 있었어요. 하지만 그녀는 바로 지난밤, 아버지의 반대를 피해 무어인 오셀로와 몰래 결혼식을 올려 버렸어요. 짝사랑하던 데스데모나를 빼앗겼으니 로데리고의 눈에 오셀로가 좋게 보일 리가 없었어요.

프랑수아 부쇼,
〈데스데모나 역할의 마리아 말리브란〉

"로데리고 나리, 마음 같아선 저도 그렇습니다. 하지만 그놈 밑에서 일하고 있으니 어쩔 수 없지요."

"감히 데스데모나를 빼앗아 가다니, 나야말로 약이 올라 참을 수가 없어!"

로데리고는 오셀로에 대한 미움으로 몸서리를 쳤어요. 그때, 이아고에게 갑자기 좋은 생각이 났어요.

'옳지, 로데리고를 이용하면 오셀로를 쉽게 무너뜨릴 수 있겠군.'

그는 로데리고를 부추기기 시작했어요.

"그렇다면 지금 당장 데스데모나의 아버지인 브라반쇼 의원을 찾아가는 건 어떻습니까? 그의 딸이 아버지도 모르게 살림을 차렸다고 일러바치는 겁니다. 그럼 오셀로는 아주 곤란하겠지요."

"좋은 생각일세."

로데리고와 이아고는 서로 마주보고는 의미심장한 미소를 짓고 브라반쇼 의원의 집 앞으로 찾아갔어요. 그리고 브라반쇼 저택의 문을 두드리며 소리를 질렀어요.

"여보세요! 브라반쇼 나리! 큰일 났습니다!"

그러자 2층 창문이 열리며 브라반쇼의 모습이 나타났어요. 데스데모나의 아버지이자 원로원 의원인 그는 로데리고를 보더니 눈을 부라리며 말했어요.

"아니, 너는 로데리고가 아니냐! 네놈에겐 내 딸을 절대 줄 수 없다고 했잖아. 감히 어디서 행패를 부리는 게야?"

겁이 난 로데리고는 꿀 먹은 벙어리가 되었어요. 그러자 이번엔 이아고가 나섰어요.

"나리의 따님이 천하디천한 오셀로와 부부가 된 것을 알고 계십니까?"

"뭣이?"

"제 말을 믿지 못하시겠다면 지금 따님의 방으로 가 보십시오. 따님은 지금 오셀로와 함께 있느라 그곳에 없을 테니까요."

제임스 클라크 후크, 〈오셀로의 데스데모나에 대한 묘사〉

깜짝 놀란 브라반쇼는 데스데모나의 방에 가 보았지만 이아고의 말대로 딸의 방은 텅 비어 있었어요.

"베니스의 잘생긴 청년들은 거들떠보지도 않더니 고작 오셀로란 놈에게 시집을 갔다고? 그것도 나 몰래 말이냐?"

브라반쇼는 잔뜩 화가 나 씩씩대며 아래층으로 내려왔어요. 이아고는 음흉하게 웃으며 말했어요.

"제 말이 사실이지 않습니까? 허나 저는 여기서 물러가야 할 것 같습니다. 오셀로 녀석의 부하로 있는 한, 겉으로는 충성하는 척 보여야 하니까요."

이아고가 가 버리자 브라반쇼는 무기를 집어 들며 로데리고에게 말했어요.

"자네는 앞장서서 내 딸이 있는 곳을 안내하게. 분명 오셀로와 함께 있겠군. 내가 이런 꼴을 보려고 데스데모나를 애지중지 키운 것이 아니란 말일세. 오셀로 그 자식을 절대 용서할 수 없네!"

한편, 이아고는 오셀로의 숙소에 먼저 도착해 있었어요. 약은 꾀를 부린 이아고는 자신이 브라반쇼를 찾아가 고자질한 사실을 오셀로가 모르도록 재빨리 움직인 것이었어요.

"로데리고 놈이 어찌나 장군님을 험담하고 다니는지 아십니까? 아마 장군님과 데스데모나 님의 결혼 사실도 그놈이 브라반쇼 나리께 일러바친 듯합니다."

그러나 오셀로는 담담하게 대꾸했어요.

"아버님께서 반대하시는 것은 안타까운 일이네. 하지만 나는 데스데모나를 진심으로 아끼고 사랑해. 그러니 누구도 우리의 사랑을 방해할 순 없을 거야."

그때 반대쪽에서 밝은 불빛이 다가오고 있었어요. 바로 오셀로의 부관인 카시오와 관리들이었지요.

"한밤중에 무슨 일인가?"

오셀로가 궁금한 듯 묻자 카시오가 깍듯이 인사를 하고 대답했어요.

"키프로스 섬에서 연락이 온 모양입니다. 장군을 급히 모셔 오라는 명령입니다."

오셀로는 잠깐 기다리라고 말한 후 방으로 들어가 나갈 채비를 했어요. 그러자 이아고가 카시오에게 묘한 웃음을 지으며 물었어요.

"부관님께서도 그 사실을 알고 계십니까?"

"뭘 말인가?"

카시오는 어리둥절한 얼굴을 했어요.

"오셀로 장군께서 지난밤 데스데모나 아가씨와 결혼하신 것 말입니다."

"뭐라고?"

말이 끝나기 무섭게 브라반쇼와 로데리고가 호위병들을 이끌고 다가오고 있었어요. 마침 준비를 마친 오셀로가 방에서 나오자 로데리고가 오셀로를 가리키며 소리쳤어요.

"나리, 이놈이 바로 그놈입니다."

흥분한 브라반쇼는 다짜고짜 칼을 빼들었어요.

"더러운 도둑놈 같으니, 내 딸을 어디에 감추었느냐? 네놈의 죄를 낱낱이 밝혀낼 것이다."

"진정하십시오. 지금 나라에 긴급한 사태가 발생하여 회의

가 시작됐습니다. 그러니 일단 저와 함께 회의장으로 가서야 합니다."

오셀로는 정중하게 사정을 설명했어요.

"좋다! 어디 한번 가 보자! 공작과 원로원 의원들도 내 얘기를 듣고 나면 모두 분노할 것이다."

브라반쇼는 큰소리를 치며 회의장으로 발길을 돌렸어요.

베니스 공작의 저택에 모인 원로원 의원들은 키프로스 섬에서 온 보고를 받고 의논을 하고 있었어요. 브라반쇼와 오셀로가 도착한 것은 바로 그때였어요. 그들 뒤로 이아고와 로데리고도 따라 들어왔어요. 베니스 공작은 오셀로를 반기며 말했어요.

"오셀로 장군, 지금 터키군이 키프로스 섬을 향해 가는 중이라오. 부디 그들을 무찔러 주시오."

"브라반쇼 의원도 마침 잘 오셨소. 좋은 의견이 있다면 말씀해 주시오."

그러나 브라반쇼는 전쟁 따윈 안중에도 없다는 듯 서둘러 말했어요.

"저 역시 공작님께 말씀드릴 일이 있습니다. 글쎄 어떤 못된 놈이 순진한 제 딸을 꼬여내 몰래 결혼식을 올렸지 뭡니까!"

베니스 공작과 의원들은 모두 깜짝 놀랐어요. 그리고 분노에 찬 목소리로 말했지요.

"그런 괘씸한 자가 있다면 당장 잡아들여 극형에 처하시오."

"감사합니다. 범인은 바로 여기 있는 오셀로입니다. 무어인 주제에 나이도 많은 저자와 내 딸이 어울린다고 생각하십니까? 불쌍한 내 딸을 협박해서 결혼을 한 것이 분명합니다."

그러나 오셀로는 당황하지 않고 말했어요.

"제가 데스데모나와 결혼한 것은 사실입니다. 하지만 브라반쇼 의원님께선 무언가 오해를 하고 계신 듯하니 결혼하게 된 자초지종을 말씀드리겠습니다."

"그래요. 당사자들의 입장도 들어 봐야지요."

의원들이 하인을 시켜 데스데모나를 부르자 그사이, 오셀로는 담담하게 이야기를 털어놓았어요.

"브라반쇼 의원께서는 무용담을 좋아하여 저를 종종 집으로 초청해 주셨습니다. 저는 꾸밈없이 제가 겪었던 일들을 말했지요. 성벽을 뚫고 나와 겨우 목숨을 구한 일, 적에게 붙들려 노예로 팔려 갔다가 돈을 주고 풀려났던 일, 국경을 넘나들며 겪었던 일 등 많은 이야기를 했습니다. 데스데모나도 제 이야기를 열심히 들어 주었습니다. 제가 겪었던 고생담을 들은 데스데모나는 눈물을 훔치기도 하며 동정 어린 눈빛을 보내기도 했습니다. 그런 데스데모나의 따뜻한 마음에 이끌려 저는 사랑을 고백했고 그녀 또한 저를 동정하던 마음이 사랑으로 발전했는지 저의 청혼을 받아들인 것이지요. 마침 그녀가 오는군요. 데스데모나에게 물어보시면 아실 겁니다."

오셀로의 말에 귀를 기울이던 다른 의원들이 고개를 끄덕였어요.

외젠 들라크루아, 〈아버지에게 꾸중을 듣는 데스데모나〉

"브라반쇼 의원, 이미 엎질러진 물이니 이 두 사람의 행복을 빌어 주는 것이 어떻겠소?"

오셀로의 설명을 들은 베니스 공작이 브라반쇼의 안색을 살피며 물었어요. 그때 마침 도착한 데스데모나도 아버지 앞에 살짝 고개를 숙이며 말했어요.

"아버지, 저는 진심으로 이분을 사랑합니다. 그러니 제가 한 남자의 아내로 충실할 수 있도록 도와주세요."

브라반쇼는 허탈해졌어요. 상황이 이렇게 되자 그는 어쩔 수 없이 결혼을 허락할 수밖에 없었어요.

상황이 정리되자 베니스 공작은 오셀로에게 키프로스 섬으로 가 싸울 것을 권했어요. 오셀로는 전쟁터에 나가는 것은 전혀 겁나지 않았어요. 다만 혼자 남게 될 아내 때문에 마음이 편치 않았지요. 그런 속마음을 알아차린 데스데모나는 베니스 공작에게 간청했어요.

"공작님, 남편이 전쟁터에 나가 있는 동안 저 혼자 이곳에 남아 빈둥거린다면 참으로 한심한 모양일 것입니다. 그러니 저도 남편을 따라가게 해 주십시오."

베니스 공작은 흐뭇한 미소를 지으며 말했어요.

"좋을 대로 하시오. 하지만 사태가 아주 긴박하니 오늘 밤에 오셀로 장군 먼저 출발하도록 하시오."

"알겠습니다. 이아고, 너는 짐을 꾸려 데스데모나와 함께 준비되는 대로 출발하거라. 이아고 자네는 내가 특별히 믿고 있으니 내 아내를 안심하고 맡길 수 있네."

오셀로가 그렇게 말하고 데스데모나와 나가자 의원들도 모두 자리를 떴어요. 오셀로와 데스데모나의 결혼이 공식적으로 인정받자 로데리고는 절망에 빠져 깊은 한숨을 쉬었어요.

"검은 피부의 오셀로에게 내 사랑을 빼앗기다니, 차라리 죽는 게 낫네."

이아고는 로데리고에게 다가가 달래는 척하며 자신의 계획을 슬쩍 내비쳤어요.

"로데리고 나리, 제게 그들을 갈라놓을 수 있는 기막힌 방법이 있습니다. 잘만 되면 나리는 그토록 원하던 데스데모나 님을 얻을 수 있을 것이고 저는 오셀로에게 원수를 갚을 수 있지요."

"정말 그런 방법이 있단 말인가?"

로데리고는 이아고의 말에 귀가 솔깃했어요.

"예. 하지만 그러기 위해서는 제게 돈이 좀 필요한데……."

"데스데모나를 얻을 수 있다면 돈이 무슨 상관이겠나. 내 땅

을 몽땅 팔아서라도 그 돈을 마련하
겠네."

어리석은 로데리고는 자신이 이
용당하는 줄도 모르고 신이 나서 이
아고를 돕기로 했어요.

키프로스 섬에는 몹시 심한 바람
이 일고 있었어요. 키프로스 섬의
총독 몬타노는 그것을 바라보며 생
각했어요.

'이 정도 바람이라면 터키 함대도
무사할 리 없지.'

그때, 아니나 다를까 항구 쪽에서 병사 한 명이 달려와 큰 소
리로 외쳤어요.

"전쟁이 끝났습니다! 풍랑이 터키의 함대를 모두 침몰시켰
습니다."

몬타노는 병사의 보고에 무척 기뻐했어요. 그러나 함께 소
식을 들은 카시오 부관의 표정은 좋지 않았어요. 지난밤 바다

에 나갔다가 아직 돌아오지 않은 오셀로 장군을 걱정하고 있었던 것이었어요.

"오셀로 장군에게서는 아직도 소식이 없소?"

몬타노도 오셀로가 걱정되어 물었어요.

"그렇습니다. 하지만 장군은 워낙 용맹한 분이시니 곧 돌아오시리라 믿고 있습니다만……."

순간, 병사들의 함성이 소란스럽게 울려 퍼졌어요. 데스데모나가 섬에 도착한 것이었어요. 데스데모나는 이아고와 그의 부인이자 하녀인 에밀리아 그리고 로데리고와 함께 나타났어요. 카시오는 데스데모나를 반갑게 맞이하며 예의를 갖춰 손등에 입을 맞췄어요. 데스데모나도 기쁘게 인사를 나눴지만 남편이 보이지 않아 걱정되었어요.

그때였어요. 섬을 향해 다가오는 배에서 나팔 소리가 울려 퍼지고 오셀로가 나타났어요. 오셀로는 기쁘게 말했어요.

"들으시오, 터키군은 침몰했고 우리는 전쟁에서 이겼소. 자, 모두 성으로 돌아가 승리의 축배를 듭시다."

오셀로가 기분 좋게 연설을 마치고 데스데모나와 함께 성으로 들어가자 카시오와 몬타노 등도 그 뒤를 따랐어요. 그러나 이아고는 슬그머니 뒤로 빠져 로데리고를 불러 세웠어요. 그리고 능청스러운 얼굴로 거짓말을 했어요.

"나리, 저 앞에 가는 카시오 부관이 보이십니까? 사실 카시오 부관과 데스데모나는 몰래 사랑을 나누는 사이랍니다."

로데리고는 그의 말을 믿을 수가 없었어요. 데스데모나가 남편을 배신할 여자로 보이지 않았기 때문이었어요.

"말도 안 돼, 데스데모나는 누구보다 깨끗하고 착한 여자일세."

"좀 전에 인사하는 척하면서 카시오가 데스데모나의 손등에 키스하는 것을 보지 못하셨습니까? 이대로 가다간 오셀로도 모자라 저 카시오에게까지 데스데모나 님을 빼앗기고 말 겁니다."

과거에 백인은 왜 흑인을 업신여겼을까?

중세 유럽 국가들은 식민지 건설에 열을 올렸어요. 특히 아프리카나 아메리카에는 엄연히 원주민들이 살고 있었는데도 불구하고 유럽인들은 마치 아무도 살지 않는 신대륙을 발견했다고 여겼어요. 그 당시에는 다양한 문화와 민족, 인종에 대한 이해가 없었기 때문에 자신과 다른 삶의 방식을 가지고 있는 원주민들을 미개하다고 생각하고 총과 대포로 그들을 제압한 뒤 원주민의 문화를 파괴하고 자기 나라의 노예로 데려가 팔아 버렸지요. 자신과 다른 게 아니라 자신보다 못한 존재라고 여긴 것이지요. 결국 인종 차별의 깊은 뿌리가 생겨 오랫동안 흑인은 백인들의 지배를 받으며 짐승보다 못한 대우를 받았어요. 그러나 1863년 1월 1일, 링컨의 노예 해방 선언을 시작으로 흑인의 기본권을 보장하라는 인권 운동이 활발하게 진행되었어요. 하지만 아직도 흑인뿐만 아니라 타 인종에 대한 차별이 완전히 사라진 것은 아니에요.

이아고는 눈 하나 깜짝하지 않고 거짓말을 하고는 로데리고에게 속삭였어요.

"로데리고 나리, 좋은 방법을 하나 알려 드리겠습니다. 오늘 밤 카시오 부관이 야간 경비를 설 예정이니 나리는 밤을 돌아다니면서 그에게 시비를 거세요. 근무 도중 큰 싸움이 벌어지면 그자는 부관의 자리에서 쫓겨나게 될 것이고 그럼 더 이상 데스데모나 님과 가까이 지낼 수 없을 겁니다."

"이아고, 이렇게까지 나를 생각해 주다니 고맙소. 내 꼭 자네가 시키는 대로 하겠네."

로데리고는 감동을 받고 신이 나서 숙소로 돌아갔어요. 하지만 사실 이아고는 로데리고를 이용해 자신의 욕심을 채울 속셈이었어요. 오셀로가 카시오를 쫓아내면 부관의 자리는 제 차지가 되리라 생각한 것이었어요.

그날 밤, 키프로스 섬에서는 승리를 축하하는 연회가 벌어졌어요. 즐거운 연회가 계속되는 중에도 모든 일에 철저하기로 소문난 오셀로는 카시오에게 야간 경비를 지시했어요.

"카시오, 오늘 밤 이 주변을 잘 지켜 주게. 연회가 있는 날은 꼭 술 취한 자들의 난동이 있기 마련이니까."

"이아고와 함께 저도 확실히 감시하겠습니다."

카시오의 대답에 마음이 놓인 오셀로는 데스데모나와 함께 침실로 들어갔어요.

잠시 후, 이아고가 묘한 웃음을 지으며 나타났어요.

"어서 오게, 이아고. 기다리고 있었네. 자네와 나는 지금부터 순찰을 돌도록 하지."

"부관님, 아직 밤도 깊지 않았는데 너무 서두르지 마시지요. 그나저나 오셀로 장군님은 참으로 아름다운 아내를 맞으셨습니다. 그렇지 않습니까?"

카시오는 고개를 끄덕였어요.

"맞아, 참으로 정숙하고 아름다운 분이시지."

이아고는 카시오의 눈치를 살피며 말했어요.

"그분들의 행복을 비는 의미로 축배를 들고 싶은데……. 어떠십니까?"

"오늘 밤은 안 되겠네. 경비를 서야 하니까 말이야. 게다가 나는 술이 약해서 금세 취해 버리는데다 취하면 곧잘 실수를 하거든."

카시오는 이아고의 제안을 딱 잘라 거절했어요. 하지만 이아고는 포기하지 않았어요.

"오늘은 전쟁에서 승리한 날이 아닙니까? 사실 지금 밖에서는 몬타노 님을 비롯해서 이 섬의 귀족들이 기다리고 있습니다. 제 입장을 봐서라도 딱 한 잔만 하시지요."

"휴……. 정 그렇다면 할 수 없군."

이아고는 속으로 쾌재를 불렀어요.

'옳지! 카시오에게 술을 잔뜩 먹여 취하게 만들어야겠다. 지금쯤이면 로데리고도 내가 말한 대로 밖을 떠돌고 있겠지.'

아무것도 모르는 카시오는 이아고가 따라 주는 술을 기분 좋게 마셨어요. 얼마 후, 술을 너무 많이 마신 카시오는 비틀거리며 바람을 쐬러 나갔어요. 이아고는 때를 놓치지 않고 몬타노에게 속삭였어요.

"카시오 부관님은 평소엔 누구보다 용맹하지만 술에 취하면 엉망이 되니, 혹여 무슨 사고나 치지 않을까 걱정입니다."

"그렇게 술버릇이 나쁩니까?"

"아주 말도 못하지요. 오늘은 조용히 넘어가야 할 텐데요."

"흠, 그런 나쁜 버릇이 있는 사람이 오셀로 장군의 부관이라니, 장군께 말씀드려야겠군요."

몬타노가 크게 걱정하며 말했어요.

그때, 밖에서 시끄러운 고함 소리가 들렸어요. 몬타노와 이아고가 나가보자 카시오가 로데리고를 향해 칼을 겨누고 있었어요.

"무슨 일입니까?"

몬타노가 달려들어 두 사람을 뜯어말렸어요. 하지만 카시오는 분을 참지 못하며 소리쳤어요.

"이놈이 감히 나에게 욕을 하다니, 가만두지 않겠다!"

"카시오 부관! 아니, 난데없이 이게 무슨 행패요?"

"말리지 마시오! 당신이 뭔데 끼어드는 거요?"

몬타노가 카시오를 말리다가 이번엔 그 둘의 몸싸움이 시작됐어요. 이아고는 이 틈을 타 로데리고에게 속삭였어요.

"지금 당장 폭동이 일어났다는 종을 울리세요."

로데리고가 자리에서 벗어나 종을 치자 이아고는 말리는 시늉을 하며 일부러 큰 소리로 떠들었어요.

"아이고, 부관님. 그만하시죠. 도대체 이게 무슨 일이랍니까? 아니, 누가 종을 울리는 거야? 마을 사람들이 다 깨겠군!"

그때 오셀로가 나타났어요. 오셀로는 자신의 눈앞에서 벌어진 소동에 크게 화가 났어요.

"모두 그만두지 못하겠느냐! 이아고, 어찌된 일인지 설명해 보아라."

이아고는 얼른 시치미를 떼고 말했어요.

"모르겠습니다. 갑자기 벌어진 일이라 저로서도 황당할 뿐입니다."

"카시오, 자네가 대답해 보게."

오셀로는 카시오에게 직접 물어보았어요. 그러나 카시오는 아무런 말도 하지 못했어요. 그러자 몬타노가 분하다는 얼굴로 씩씩대며 말했어요.

"제가 잘못한 것이 없다는 걸 이아고가 알고 있습니다."

오셀로는 다시 이아고를 재촉했어요.

"이아고, 사실대로 말하라. 누가 싸움을 시작했는가?"

"카시오 님께 불리한 증언을 하려니 차마 입이 떨어지지 않습니다. 그러나 감히 장군께 거짓을 고할 수는 없는 일이지요. 갑자기 밖에서 요란한 소리가 들려 나가보니 카시오 부관께서  칼을 들고 누군가를 찌르려고 하시더군요. 그래서 몬타노 님과 제가 나서서 말리다가 일이 이렇게 되었습니다."

오셀로는 더욱 분노하여 소리쳤어요.

"이번 일은 그냥 넘어갈 수 없다. 카시오는 오늘부로 부관 자리에서 물러나도록 하라."

그때, 잠에서 깬 데스데모나가 밖으로 나오자 오셀로는 얼른 그녀를 달래며 안으로 들어갔어요. 뒤이어 몬타노와 일행들도 모두 자리를 떠났어요. 이아고는 남아 있는 카시오에게 다가 갔어요. 카시오는 몹시 괴로워하고 있었어요.

"나는 장군님 얼굴에 먹칠을 했네. 뿐만 아니라 지금껏 쌓아 온 내 명예도 잃어버렸어."

이아고는 그를 위로하는 척하며 이렇게 말했어요.

"너무 상심하지 마십시오. 사람은 누구나 실수를 할 수 있는 법이니까요. 그러지 말고 데스데모나 님을 찾아가 보세요. 그분은 인정이 많으시니 틀림없이 부관님을 도와주실 겁니다."

"그것 참 좋은 생각이구먼."

카시오는 진심으로 이아고에게 고마움을 느꼈어요. 하지만 이아고의 시커먼 속내는 따로 있었어요.

아침이 밝아 오자 카시오는 오셀로의 성 앞으로 찾아 갔어요. 그리고 마침 밖에 있던 데스데모나의 하녀인 에밀리아를 만났어요.

에밀리아가 쾌활하게 인사를 건넸어요.

"안녕하세요, 부관님! 지난밤에 있었던 일은 모두 들었습니다. 마음씨 착한 부인께서는 부관님의 복직을 오셀로 장군께 청하고 있지요. 하지만 싸움이 붙었던 몬타노라는 분이 높으신 분이라 그러기가 쉽지 않은 모양이에요."

"저기, 부탁이 있소. 가능하다면 잠깐 부인을 만나고 싶소."

카시오가 사정했어요.

"그럼 들어오세요. 제가 안내해 드릴게요."

에밀리아는 앞장서서 걸어가며 말했어요.

에밀리아 덕에 데스데모나를 만난 카시오는 자신의 사정을 구구절절 말했어요. 인정 많은 데스데모나는 기꺼이 도와주겠다고 약속했어요.

"감사합니다, 너그러우신 마님. 이 은혜는 평생 잊지 않겠습니다."

카시오는 감격스러운 마음에 몸 둘 바를 몰랐어요.

그때, 키프로스 섬의 군사 시설을 돌아보러 나갔던 오셀로와 이아고가 들어왔어요. 오셀로를 볼 면목이 없는 카시오는 서둘러 밖으로 나갔어요.

"아니, 저 사람은 카시오가 아닌가."

오셀로가 사라지는 카시오를 보며 중얼거렸어요. 그때 데스

헨리 먼로, 〈오셀로, 데스데모나, 이아고〉

데모나가 오셀로를 반기며 다가오더니 말했어요.

"잘 다녀오셨어요? 여보, 그 불쌍한 카시오 부관을 용서해 줘요. 누구나 실수할 수 있잖아요."

이아고의 계략임을 모르는 데스데모나는 오셀로에게 카시오의 복직을 부탁했어요.

"지금 당장은 안 돼. 좀 더 두고 봅시다."

"하지만 용서해 주실 생각은 있는 거죠? 그 사람은 언제나 당신에게 충성을 다했어요."

결국 오셀로는 아내의 간곡한 청을 거절할 수 없어 조만간 그의 입장을 들어 보겠다고 했어요. 자신의 부탁이 받아들여지자 데스데모나는 기쁜 마음으로 에밀리아와 함께 방을 나갔어요.

"사랑스러운 나의 아내. 어쩜 저렇게 사랑스러울까? 세상이 변해도 내 사랑은 절대 변하지 않을 거야."

오셀로는 데스데모나의 뒷모습을 보며 중얼거렸어요. 그러자 이아고가 슬그머니 다가와 속삭였어요.

"장군님, 듣자하니 카시오는 오래전부터 부인을 알고 있었다지요?"

"그렇다고 하더군. 그런데 그건 왜 묻나?"

"좀, 이상한 생각이 들어서요. 전 카시오가 부인과 가깝다는 사실을 전혀 몰랐습니다."

"카시오가 나와 데스데모나 사이를 오가며 우리의 사랑에 많은 도움을 줬네. 그런데 뭐가 이상하다는 건가?"

이아고는 골똘히 생각하는 척하며 고개를 가로저었어요. 그러자 오셀로는 더욱 궁금해졌어요.

"분명히 무슨 이유가 있군. 무슨 일인지 말해 보게."

"그럴 수 없습니다. 제 짐작이 틀릴지도 모르는데 어찌 털어놓을 수가 있겠습니까?"

이아고는 오셀로의 애가 타도록 말꼬리를 늘렸어요. 그럴수록 오셀로는 더욱 안달이 나서 재촉하며 물었어요.

셰익스피어의 작품은 왜 소설이 아니고 희곡일까?

셰익스피어의 작품을 소설로 착각하는 경우가 있는데 셰익스피어가 활동할 당시에는 소설이라는 문학 장르 자체가 없었어요. 셰익스피어가 살던 그 당시의 문학 활동은 주로 희곡과 시를 통해 이루어졌어요. 오늘날 소설의 형태를 한 셰익스피어의 작품은 독자들이 읽기 쉽도록 희곡을 각색한 거예요. 희곡이란 무대에서의 공연을 위해 쓰인 작품을 말해요. 그리고 이런 작품을 쓰는 사람을 극작가라고 해요. 그 당시에는 지금처럼 텔레비전이나 영화가 없었기 때문에 연극이 가장 큰 볼거리였어요. 시민들이 구경거리를 위해 극장을 찾기도 했고 여름이면 극단에서 지방 순회공연을 하기도 했어요. 또한 연극 극단이 궁에 들어가 왕과 귀족 앞에서 공연하는 일도 있었어요. 이처럼 연극에 대한 인기가 높아 새 작품을 써 주는 훌륭한 극작가가 많이 필요했어요. 셰익스피어도 당시의 시대적 영향을 받아 극작가로 활동했던 거예요.

"그게 도대체 무슨 말인가? 꼭 자네 말을 들어 봐야겠네."

"제가 장군님께 드릴 수 있는 말은 질투를 조심하라는 것뿐입니다."

"질투? 그거라면 걱정할 것 없네. 왜냐하면 내 아내는 정숙하기 때문이지. 게다가 난 확실한 증거가 없으면 섣불리 의심하지 않는 사람이야. 만약 증거가 있다면 그때는 사랑을 포기하든지 질투심을 버리든지 하겠지만."

"그렇다면 안심하고 말씀드리겠습니다. 부인이 카시오와 함께 있을 때 주의해서 보십시오."

이아고는 오셀로를 위하는 척하며 거짓말을 하기 시작했어요. 오셀로가 무슨 말이냐는 듯 인상을 찌푸리자 이아고는 걱정스럽다는 듯한 표정을 지어내며 말했어요.

"그러니까 제 말은……, 장군님께서 생각하시는 것만큼 부인께서 정숙한 여인이 아닐지도 모른다는 말입니다. 생각해 보십시오. 부인께서는 아버지를 감쪽같이 속이고 장군님과 결혼하셨습니다. 그것만 보아도 이미 도덕적이라고 할 수는 없지 않습니까? 아이고, 이런, 제 말이 지나쳤습니다, 용서하시지요."

"아닐세, 걱정해 주어서 고맙네."

그러나 대답과 달리 오셀로의 표정은 이미 굳어 있었어요.

오셀로는 새삼스레 데스데모나처럼 아름답고 사랑스러운
여자가 검은 피부에 나이도 많은 자신과 왜 결혼을 했는지 의
심스러워졌어요. 오셀로는 하루 종일 그 생각을 하며 불안해
했어요. 그때 방으로 돌아온 데스데모나는 남편의 어두운 표
정에 깜짝 놀라 물었어요.

"여보, 어디 편찮으세요? 지금 밖에는 저녁 식사에 초대받은
손님들이 와 계세요."

"아니오, 그냥 머리가 좀 아파서……."

오셀로는 얼른 얼버무렸어요. 그는 자신을 걱정하는 아내를
보자 공연히 미안한 생각이 들었어요.

"나는 괜찮소. 손님들이 오셨다니 얼른 가 봅시다."

오셀로는 일어나 아내의 손목을 잡아끌었어요. 순간, 손수
건 하나가 바닥에 풀썩 떨어져 버렸어요. 바로 오셀로가 처음
으로 데스데모나에게 선물로 주었던 손수건이었지요. 하지만
그녀는 남편의 재촉에 손수건이 떨어진 줄도 모르고 방을 나갔
어요. 대신 곁에 있던 에밀리아가 냉큼 손수건을 집어 들었어
요. 며칠 전부터 남편인 이아고가 이 손수건을 훔쳐 오라고 난
리였기 때문이었어요.

그날 밤, 에밀리아는 이아고에게 의기양양하게 손수건을 내보였어요.

"자, 여기 당신이 훔쳐 오라고 매일 닦달했던 그 손수건이에요. 운 좋게도 마님이 바닥에 떨어뜨린 걸 주워 왔어요."

"잘했군! 어서 이리 줘!"

이아고는 손수건을 낚아채며 웃음을 지었어요.

"그런데 대체 뭘 하려고 그러는 거죠? 이 손수건은 오셀로 님이 부인에게 처음으로 선물한 거예요. 없어진 걸 알면 부인은 미쳐 버릴지도 모른다고요."

"다 쓸 곳이 있으니까 당신은 모른 체하고 있어."

이아고가 손수건을 주머니에 쑤셔 넣으며 에밀리아에게 윽박질렀어요. 그는 그것을 카시오의 숙소에 떨어뜨려 놓을 속셈이었어요. 그래서 오셀로의 질투심에 불을 지를 작정이었어요.

이아고는 킬킬거리며 중얼거렸어요.

"아무리 깃털처럼 가볍고 하찮은 물건이라도 질투심에 사로잡힌 자에게는 성경 말씀만큼 확실한 증거가 되어 주지. 오셀로는 이미 내가 쳐둔 함정에 빠졌어. 이제 질투심에 눈이 멀어 다시는 편하게 잠을 잘 수 없을 것이다!"

다음 날 이아고는 성에서 오셀로를 만났어요. 오셀로는 그를 보자마자 멱살을 잡으며 소리쳤어요.

"너 때문에 나는 잠시나마 아내를 의심했다!"

이아고는 오셀로의 손을 간신히 뿌리치고는 말했어요.

리처드 대드, 〈질투심-오셀로와 이아고〉

"전 장군을 위해 말씀드렸는데 어찌 이러실 수가 있습니까?"

"네 말이 정말 사실이라면 사랑스런 아내가 나를 배신했다는 확실한 증거를 대 보아라!"

"그렇다면 모두 털어놓겠습니다. 최근 저는 카시오와 함께 잠자리에 든 적이 있는데, 이런 잠꼬대를 하더군요. '아름다운 데스데모나, 우리 사랑을 절대로 들키지 않도록 조심합시다'라고 말이지요."

"오! 정말 끔찍한 얘기로구나! 그게 정말 사실이냐?"

"더 확실한 증거도 있습니다. 장군께서는 혹시 딸기가 수놓인 부인의 손수건을 기억하십니까?"

"내가 아내에게 처음으로 준 선물이네."

테오도르 샤세리오, 〈데스데모나와 에밀리아〉

오셀로는 또 무슨 일인가 싶어 눈을 크게 뜨고 이아고를 쳐다봤어요.

"바로 오늘 그 손수건으로 카시오가 수염을 닦는 걸 보았습니다."

이아고의 말에 오셀로는 심장이 갈기갈기 찢기는 느낌이었어요. 그는 주먹을 불끈 쥐고 살기 어린 목소리로 외쳤어요.

"아, 이제 나의 사랑은 모두 끝이 났구나. 내게 남은 건 오직 복수뿐이다."

"저 이아고는 오셀로 장군님의 편입니다. 어떤 일이든 명령만 내리십시오. 몸과 마음을 다해 복종하겠습니다."

이아고가 재빨리 오셀로 옆에 앉아 맹세했어요.

"고맙네. 이아고, 이제부터는 자네가 내 부관일세. 그러니 사흘 안으로 카시오를 죽여 내게 보고하도록 하게."

오셀로가 먼저 일어나면서 말했어요.

"장군의 명령을 기꺼이 수행하겠습니다."

이아고는 충성스럽게 대답했어요. 그리고 돌아서 조용히 중얼거렸어요.

'모든 상황이 내 뜻대로 돌아가는구나.'

그 시간, 데스데모나는 잃어버린 손수건의 행방을 찾고 있었어요.

"에밀리아, 내가 그 손수건을 어디서 잃어버렸을까?"

"글쎄요, 마님. 저도 모르겠네요."

에밀리아는 양심에 찔렸지만 사실대로 말하면 화를 입을까 두려워 모르는 척했어요. 데스데모나는 난감해졌어요.

"차라리 돈이 가득 든 지갑을 잃어버리는 편이 나았을 텐데…… . 하지만 어쩔 수 없지. 그이는 이해심이 많으니까 별일 없을 거야."

마침 오셀로가 들어오자 데스데모나는 얼른 일어나 그를 맞이했어요.

"여보, 기분은 좀 어떠세요? 오늘은 머리가 아프지 않아요?"

"괜찮소."

오셀로는 애써 웃음을 지으며 아내의 손을 잡았어요. 그러나 끓어오르는 배신감에 속마음은 까맣게 타들어갔어요.

"지난번 말씀드린 카시오 님의 일은 어떻게 되었나요? 사실은 조금 전에 카시오 님을 이곳으로 초대했어요. 당신과 직접 만나서 이야기를 나누라고요."

아내의 입에서 다시 카시오란 말이 나오자 오셀로의 가슴

속에서 무언가가 울컥 치밀어 올랐어요. 그는 이아고의 말이 사실인지 직접 확인해 보기로 했어요.

"데스데모나, 미안하지만 손수건 좀 주구려. 자꾸 땀이 나서 닦아야겠소."

데스데모나는 당혹스런 표정으로 대답했어요.

"죄송하지만 지금은 없어요."

"없다고? 확실하게 대답하시오. 그 손수건을 잃어버린 거요? 아니면 버린 거요?"

오셀로가 거칠게 소리치자 데스데모나는 깜짝 놀랐어요.

"왜 그렇게 화를 내세요?"

"당장 내 앞에 그 손수건을 가지고 오시오!"

"지금은 없다니까요. 그리고 그 전에 먼저 카시오 님을 복직시켜 드리세요."

그러자 오셀로는 데스데모나를 죽일 듯이 노려보다가 방에

'문예 사조'란?

문학 작품이나 미술, 음악 작품 등을 만드는 데 그 뿌리가 되는 생각이 있어요. 어떤 시대든 그 시대와 장소에 공통되는 정신이 등장하여 문학과 예술에 영향을 미치게 돼요. 예를 들어, 있는 그대로를 표현하는 사실주의가 그 시대를 대표하는 문예 사조라면 그 시대의 사람들은 미술 작품을 그릴 때도 상상력을 더하기보다 사진처럼 있는 그대로 그리려고 했어요. 이렇듯 특정한 시대에 나타나는 문학과 예술의 흐름을 문예 사조라고 해요. 문예 사조는 17세기 말 서유럽 사회를 시작으로 고전주의, 낭만주의, 사실주의, 자연주의, 실존주의로 흐름을 이어 갔어요.

서 나가 버렸어요. 처음 보는 남편의 모습에 데스데모나는 한참 동안 멍하니 서 있었어요. 상황을 지켜보던 에밀리아 또한 죄책감에 어쩔 줄 몰랐어요.

그때, 카시오가 또다시 데스데모나를 찾아왔어요.

"데스데모나 님, 전에 부탁드렸던 일로 찾아왔습니다."

데스데모나는 미안해하며 대답했어요.

"카시오 부관님, 저도 애써 봤지만 소용이 없네요. 장군님께서는 요즘 기분이 많이 안 좋으세요. 하지만 조금만 더 기다려 보면 무슨 방법이 있을 거예요."

데스데모나는 카시오를 위로하고서는 손수건을 잃어버린 자신을 원망하며 중얼거렸어요.

"틀림없이 나랏일 때문에 머리가 복잡하신 거예요. 그런 줄도 모르고 나는 투정만 부렸으니……."

카시오는 우울해하는 데스데모나를 뒤로하고 성에서 나왔어요. 성에서 나오는 도중, 카시오는 자신의 숨겨진 애인인 비앙카를 만나게 되었어요.

"오, 사랑스런 나의 비앙카. 그동안 불행한 일이 닥치는 바람에 당신을 만나러 오지 못했소."

"흥, 거짓말! 다른 여자가 생긴 건 아니고요?"

비앙카는 카시오를 쏘아보며 물었어요. 그러자 카시오는 주머니에서 딸기 무늬 손수건을 꺼내 건넸어요. 그 손수건은 이아고가 카시오의 숙소에 일부러 흘린 것을 주운 것이었어요. 비앙카는 손수건을 보자 더욱 화를 냈어요.

"여자 손수건 같은데 어디서 났어요? 이 손수건의 주인 때문에 나를 잊었던 건가요?"

"그 무슨 엉뚱한 소리. 내 방에서 주운 것이오. 이 손수건에 새겨진 딸기 무늬가 마음에 들어서 주인을 찾기 전에 본떠 놓으려고 그러니 당신이 한번 잘 베껴 보시오."

카시오는 비앙카에게 손수건을 건네고는 돌아갔어요.

한편, 이아고는 발 빠르게 오셀로를 찾아가 그의 질투심을 부채질하고 있었어요.

"장군님, 카시오가 부인에 대해 뭐라고 떠들고 다니는지 아십니까?"

"그놈이 뭐라고 떠벌렸는데?"

"부인의 손수건에서는 달콤한 향기가 난다면서 한시도 몸에서 떼어 놓지 않는답니다."

그 말을 듣는 순간, 오셀로는 분노를 이기지 못하고 부들부들 떨다가 정신을 잃고 그 자리에 쓰러졌어요.

"오셀로 장군님! 정신 차리세요! 눈을 떠 보시라니까요!"

그때, 저 멀리서 카시오가 달려왔어요. 그는 기절한 오셀로를 보고 놀라서 물었어요.

"아니, 대체 무슨 일인가?"

"충격을 받아 쓰러지셨습니다. 벌써 두 번째예요."

"얼른 의사를 부르게."

카시오가 걱정되어 재촉하며 말했어요.

"아닙니다, 이럴 땐 그냥 내버려 두는 게 좋아요. 잘못 건드렸다가는 발작이 더 심해질 지도 모르니까요. 그나저나 장군께서는 부관님에 대한 화가 아직 안 풀리셨는데 혹 깨어나 보시고 호통을 치실까 두렵습니다. 일단 돌아가셨다가 잠시 후에 다시 오시지요. 제가 꼭 드릴 말씀이 있어서요."

그럴듯하게 둘러대는 이아고의 말에 카시오는 잠시 우물쭈물하다가 돌아갔어요.

잠시 후, 오셀로는 손바닥으로 머리를 짚고 천천히 일어나

앉았어요.

"장군님, 괜찮으십니까?"

"내가 너무 흥분해서 잠시 정신을 잃었군. 괜찮네."

이아고는 오셀로의 귀에 대고 속삭이듯 말했어요.

"실은 장군께서 쓰러져 계실 때, 카시오가 왔다 갔습니다. 제가 일부러 잠시 후에 다시 오라고 하였으니 이번에야말로 그자의 실체를 똑똑히 확인하실 수 있을 겁니다. 장군께서는 저 그늘에 숨어서 상황을 지켜보십시오."

"알았네. 그자가 어떤 비열한 말로 나를 모욕하더라도 꾹 참고 지켜보겠네."

이아고가 가리킨 그늘 사이로 오셀로가 몸을 숨기자 카시오가 다시 나타났어요.

"이제 오십니까. 카시오 부관님."

이아고는 카시오에게 일부러 부관이라는 호칭을 써서 카시

고전주의와 낭만주의

고전주의는 고대 그리스와 로마의 문화 예술을 본받은 문예 사조로 17세기 프랑스에서 발생하여 점차 퍼졌어요. 고전주의는 질서 있고 이성적이며 형식을 중요시하는 예술을 중심으로 삼았어요. 대표적으로 셰익스피어의 4대 비극과 괴테의 『파우스트』 등이 있어요. 낭만주의는 고전주의와는 반대로 상상력과 작가의 개성을 중요하게 여겼던 문예 사조예요. 18세기 말부터 시작해서 19세기 초까지 유럽에서 유행했던 것으로 감성과 자유로운 예술을 중요하게 여겼어요. 대표적인 작품으로는 괴테의 『젊은 베르테르의 슬픔』 등이 있어요.

오의 마음을 자극했어요.

"그 부관이라는 소리 집어치우게. 그것 때문에 속이 상해 죽을 지경이네."

"데스데모나 님께 다시 한 번 부탁해 보세요. 부관님의 애인인 비앙카는 아무런 도움이 되지 못할 테니까요."

이아고는 일부러 비앙카의 이름만 아주 작은 목소리로 말했어요. 그래서 오셀로는 비앙카에 대한 이야기를 전부 데스데모나에 관한 이야기로 착각하게 되었지요.

"그 여자가 무슨 힘이 있어서 내게 도움이 되겠어?"

카시오는 헛웃음을 지었어요.

"부관님께서 그 여자와 곧 결혼할 거라는 얘기가 들리던데요?"

"그 여자는 애인일 뿐, 결혼할 여자는 아니야. 안 그래도 좀 전에 그녀와 마주쳤는데 그동안 내가 자신을 찾아오지 않았다고 어찌나 화를 내던지. 나를 이렇게 힘껏 껴안고 떨어질 줄을 모르더라니까."

오셀로는 피가 거꾸로 솟는 듯했어요. 이야기의 대상이 비앙카라는 사실을 모르는 그로서는 그럴 수밖에 없었어요.

그때 마침, 화가 난 비앙카가 나타났어요. 그녀는 대뜸 데스데모나의 손수건을 카시오에게 내던졌어요.

"이 손수건을 왜 내게 준 거죠? 무늬를 본떠 달라고요? 당신 방에 떨어져 있었는데 누가 떨어뜨렸는지 당신이 모를 리가 없잖아요! 다른 여자가 생긴 게 분명해!"

"이봐, 왜 그래?"

카시오는 당황해서 물었어요.

"당장 날 따라오지 않으면 우리 사이는 끝인 줄 아세요."

비앙카는 카시오에게 한바탕 으름장을 놓더니 쌩하니 뒤돌아서 나갔어요. 그러자 이아고가 카시오의 등을 떠밀며 속삭였어요.

"어서 따라가세요. 어서요!"

카시오가 비앙카를 따라가자 오셀로가 충격받은 듯 비틀거리며 그늘에서 나왔어요.

"카시오가 얼마나 뻔뻔한 자인지 이제 아시겠습니까? 데스데모나 님의 손수건도 틀림없이 보셨지요?"

"내 그놈을 반드시 죽일 것이다. 또한 날 배신한 데스데모나도 가만두지 않을 것이다."

오셀로는 울분에 찬 목소리로 소리쳤어요.

"이아고, 독약을 가져오게. 오늘 밤에 당장 그녀를 해치워야겠어."

이아고는 자신의 계획이 성공하자 웃음이 절로 새어 나왔어
요. 그러나 애써 웃음을 참고 오셀로를 달랬어요.

"진정하십시오, 장군님. 독약은 안 됩니다. 차라리 목을 졸라
죽이시지요. 카시오의 처형은 제가 맡겠습니다. 자정 무렵에
소식을 전하도록 하지요."

"그래, 그게 좋겠군."

그때, 성안에 난데없이 나팔 소리가 울려 퍼졌어요. 베니스
에서 데스데모나의 오빠인 로도비코 일행이 방문한 것이었어
요. 오셀로는 급히 성으로 들어갔어요. 그리고 데스데모나와
함께 그와 일행을 맞이했어요.

"베니스 공작님과 의원들께서 안부 인사를 전했습니다."

로도비코는 편지를 주며 인사했어요. 오셀로가 편지를 읽는
동안 로도비코는 카시오의 안부를 물었어요. 그러자 데스데모
나가 오셀로의 눈치를 보며 말했어요.

"실은, 요즘 장군님과 카시오 부관의 사이가 멀어졌답니다.
그러니 오라버니께서 두 분을 화해시켜 주세요. 아무래도 장
군님께서 부관님을 오해하고 있는 것 같으니까요."

데스데모나의 말에 오셀로는 편지를 읽다 말고 소리쳤어요.

"뭐라고? 이 천하의 몹쓸 사람 같으니라고!"

오셀로는 화를 참지 못하고 데스데모나를 거칠게 밀쳐 버렸어요. 로도비코는 예상치 못한 오셀로의 난폭한 행동에 깜짝 놀라 물었어요.

"이게 도대체 무슨 짓이오? 혹시 편지 때문에 화가 나셨소? 카시오 부관에게 뒤를 맡기고 장군은 그만 베니스로 돌아오라는 내용뿐인데 왜 그러시는 게요?"

그러나 오셀로의 분노는 쉽게 가라앉지 않았고 급기야 자리를 박차고 나가 버렸어요. 데스데모나 또한 큰 충격을 이기지 못하고 눈물을 흘리며 밖으로 뛰쳐나갔어요.

"방금 일어난 일을 믿을 수가 없군. 현명하고 덕망 높은 오셀로는 어디로 가고 저런 폭군만이 날뛰는 거야?"

로도비코가 고개를 저으며 황당해하자 이아고가 앞으로 나

사실주의, 자연주의

사실주의는 19세기 후반, 지나치게 현실과 동떨어진 낭만주의에 빠져 있던 현실에 반발하며 일어난 문예 사조예요. 사실주의는 사물을 있는 그대로 정확하게 표현하려는 태도를 갖고 있었어요. 과장을 하거나 상상력을 더하기보다 인간의 행동이나 심리를 세밀한 관찰을 통하여 파헤쳤어요. 자연주의는 사실주의에서 시작된 것으로 일명 과학적 사실주의라고도 불러요. 사물이나 현상을 과학적인 눈으로 보고 객관적으로 분석·관찰·묘사하려 했어요. 자연주의는 다윈의 '진화론'이나 인간의 행동은 자연환경의 영향을 받게 된다는 '환경 결정론'의 영향으로 등장했어요.

서 말했어요.

"오셀로 장군께서는 이곳에서 머무시는 동안 많이 변하셨습니다."

"음, 아무래도 정신이 온전한 것 같진 않군. 내가 사람을 잘못 본 것 같네."

한편, 뛰쳐나간 오셀로는 에밀리아에게 아내에 대해 캐물었어요.

"정말 내 아내와 카시오 사이에 아무 일도 없었나?"

"제 영혼을 걸고 맹세할 수 있습니다. 부인은 결백합니다."

그러나 오셀로는 에밀리아가 거짓말을 하고 있다고 생각했어요. 그는 에밀리아를 내보내고 데스데모나를 불러들였어요.

"내 눈을 똑바로 보시오. 당신은 도대체 어떤 여자요?"

"당신의 진실하고 충실한 아내이지요."

데스데모나는 한 치의 망설임도 없이 대답했어요.

"정말 뻔뻔스럽군. 당신이 나를 배신하고 카시오와 놀아난 사실을 다 알고 있는데 그런 달콤한 말로 감히 누굴 속이려고?"

오셀로는 데스데모나를 문 쪽으로 밀어내며 소리쳤어요.

영문도 모르고 모욕을 당한 데스데모나는 오셀로에게 호소했어요.

"당신은 나를 오해하고 있어요. 나는 당신을 배신한 적이 없어요."

하지만 오셀로는 데스데모나의 이야기를 들은 체도 하지 않았어요. 데스데모나는 억울한 마음에 속이 터질 듯 답답했어요. 오셀로는 슬퍼하는 데스데모나를 앞에 두고 무언가 결심이라도 한 듯 말했어요.

"오늘 밤, 우리 침실 주위에 어느 누구도 얼씬거리지 못하게 하시오. 에밀리아도 잊지 말고 내보내도록 하고."

"알겠어요."

데스데모나는 다소곳이 대답했어요. 평소답지 않은 남편의 행동에 이상한 생각이 들었지만 비위를 거스르고 싶지 않았던 거예요. 오셀로가 그렇게 일러두고 나가자 데스데모나는 에밀리아를 불러 홑이불을 침대에 깔게 하고는 말했어요.

"에밀리아, 혹시 오늘 밤 내가 죽는다면 이 홑이불로 나를 감싸 다오."

"아니, 마님! 그게 무슨 끔찍한 소리세요?"

"그냥, 예감이 좋지 않아."

에밀리아는 갑자기 불안해져 데스데모나의 곁을 떠나고 싶지 않았어요. 하지만 오셀로의 명령 때문에 어쩔 수 없이 무거운 발걸음을 밖으로 옮길 수밖에 없었어요.

한편, 로데리고는 이아고에게 불만을 터뜨리고 있었어요.

"나는 이제부터 이아고 자네의 말을 믿지 않겠네."

"그게 무슨 말이십니까?"

"자네가 데스데모나를 내 부인으로 만들어 주겠다면서 가져간 돈이 얼만 줄아나? 이젠 내가 직접 그녀를 만나 보겠네. 만일 자네가 나를 이용한 것이라면 당장 손해 배상을 청구할 거야."

이아고는 가슴이 덜컹 내려앉는 기분이었어요. 데스데모나를 빌미로 로데리고에게서 챙긴 돈은 모두 자신이 써 버렸으니까요. 이아고는 재빨리 머리를 굴리고는 말했어요.

"당신 말씀도 맞습니다. 그러나 이것은 알고 계십니까? 사실 베니스 공작의 명령으로 오셀로는 곧 베니스로 다시 돌아가게 됐어요. 그리고 그의 자리는 카시오 부관이 대신 앉게 되었고요. 이곳을 떠나면 오셀로 장군은 그의 고향 모리타니아에서 살 생각이랍니다. 물론 그의 아름다운 부인도 함께요. 그러니 지금 포기하면 당신은 영영 데스데모나를 가질 기회를 놓치고 마는 셈이죠."

이아고의 감쪽같은 거짓말에 속은 로데리고의 얼굴은 하얗게 질려 버렸어요.

"그럼 내가 어떻게 해야 하지?"

"카시오를 없애 버리세요. 그가 오셀로 장군을 대신할 수 없게 되면 장군과 부인도 한동안 이곳을 떠날 수 없을 거예요."

"그 말은, 지금 날더러 카시오를 죽이라는 말인가?"

"맞습니다. 사실 카시오는 오늘 밤 저와 밖에서 만나기로 약속했어요. 그러니 적당한 때를 노려 그자를

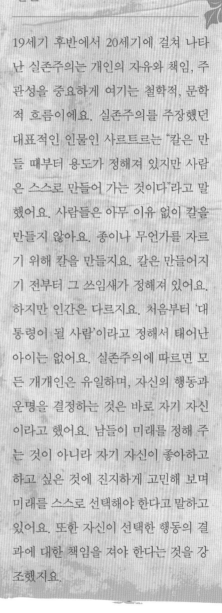

실존주의

19세기 후반에서 20세기에 걸쳐 나타난 실존주의는 개인의 자유와 책임, 주관성을 중요하게 여기는 철학적, 문학적 흐름이에요. 실존주의를 주장했던 대표적인 인물인 사르트르는 "칼은 만들 때부터 용도가 정해져 있지만 사람은 스스로 만들어 가는 것이다"라고 말했어요. 사람들은 아무 이유 없이 칼을 만들지 않아요. 종이나 무언가를 자르기 위해 칼을 만들지요. 칼은 만들어지기 전부터 그 쓰임새가 정해져 있어요. 하지만 인간은 다르지요. 처음부터 '대통령이 될 사람'이라고 정해서 태어난 아이는 없어요. 실존주의에 따르면 모든 개개인은 유일하며, 자신의 행동과 운명을 결정하는 것은 바로 자기 자신이라고 했어요. 남들이 미래를 정해 주는 것이 아니라 자기 자신이 좋아하고 하고 싶은 것에 진지하게 고민해 보며 미래를 스스로 선택해야 한다고 말하고 있어요. 또한 자신이 선택한 행동의 결과에 대한 책임을 져야 한다는 것을 강조했지요.

처치해 버리시면 되지요."

이아고는 잔인한 미소를 지었어요.

밤이 깊자, 이아고는 로데리고와 함께 약속 장소로 나가 있었어요. 얼마 후, 카시오가 모습을 드러내자 그는 로데리고를 급히 구석으로 숨기며 소곤거렸어요.

"이곳에 숨어 계시다가 카시오가 들어오면 단검으로 찔러 없애십시오. 곁에는 제가 있으니 아무 걱정 마시고요."

"자네 어디로 사라지면 안 되네. 실패할지도 모르니까."

로데리고는 칼을 빼들며 이아고에게 다짐을 받았어요.

마침내 카시오가 이아고를 찾아 주위를 두리번거리자 로데리고는 재빠르게 앞으로 뛰쳐나가 칼을 휘둘렀어요.

"에잇, 간다!"

그러나 그는 겨우 카시오의 옷자락만 잘랐을 뿐이었지요.

"웬 놈이냐!"

카시오는 반사적으로 칼을 빼들었어요.

"감히 나를 공격하다니. 자, 받아라!"

카시오의 반격에 로데리고는 상처를 입고 말았어요. 그때 구석에서 있던 이아고가 뛰쳐나와 카시오의 다리를 찌르고 도망쳤어요. 카시오는 깊은 상처 때문에 쫓아가지 못하고 그 자리에 쓰러졌어요.

"사람 살려! 사람 살려!"

카시오는 쓰러진 채 소리쳤어요.

그때, 성에 달린 커다란 시계에서 자정을 알리는 종소리가 정확히 열두 번 울려 퍼졌어요. 종소리와 함께 카시오의 비명을 들은 오셀로는 만족스러운 표정을 지었어요. 그리고 비장하게 중얼거렸어요.

"기다려라, 데스데모나. 이제 곧 네 차례다."

오셀로는 곧장 그녀가 있는 침실로 향했어요.

한편, 이아고가 횃불을 들고 다리

4대 비극에 포함되지 않는 「로미오와 줄리엣」

셰익스피어하면 가장 먼저 떠오르는 작품이 바로 「로미오와 줄리엣」이에요. 이루어질 수 없는 사랑을 죽음으로 완성한 「로미오와 줄리엣」은 비극의 대명사로도 불리며 셰익스피어의 대표작으로 손꼽혀요. 하지만 「로미오와 줄리엣」은 셰익스피어의 4대 비극에 포함되지 않아요. 그럼 셰익스피어의 4대 비극은 무엇일까요? 바로 「햄릿」, 「오셀로」, 「리어왕」, 「맥베스」예요. 4대 비극의 주인공들 모두는 인간의 불완전함으로 스스로 비극을 불러왔어요. 예를 들면 햄릿은 우유부단함 때문에, 오셀로는 앞뒤 가리지 않는 질투심 때문에, 맥베스는 인간의 탐욕 때문에, 리어왕은 아부에 약하고 변덕스러운 성격 때문에 비극을 불러왔어요. 하지만 「로미오와 줄리엣」은 원수의 집안에서 태어나 자신의 힘으로도 어쩔 수 없는 운명적인 비극을 다루고 있어 다른 작품들과 성격이 달라 셰익스피어의 대표 비극에서 제외되었어요.

를 다친 카시오에게 모르는 척 달려왔어요.

"카시오 부관님 아니십니까? 도대체 어떤 놈들이 이런 짓을……."

"오, 이아고. 악당들한테 당했네. 좀 도와주게."

카시오는 간신히 고개를 들며 말했어요.

"내 다리를 찌른 놈은 사라졌고, 저기 내게 칼을 겨눈 놈은 쓰러져 있네."

카시오는 바닥에 누운 채로 로데리고를 가리켰어요. 이아고는 얼른 칼을 빼들었어요. 그는 카시오를 죽이고자 했던 계획이 실패로 돌아가자 로데리고라도 해치워 그의 재산을 영원히 빼돌릴 속셈이었지요.

이아고는 카시오의 칼을 맞고 쓰러진 로데리고의 가슴에 힘껏 칼을 내리꽂았어요. 로데리고는 별다른 저항도 하지 못한 채 이아고의 칼에 찔리고 말았어요.

순간, 로도비코의 횃불이 이아고의 얼굴을 비추었어요.

"당신은 이아고가 아닌가? 여기서 뭘 하는 거지?"

"아니, 로도비코 님 아니십니까? 여기 카시오 부관이 습격을 당했습니다."

이아고는 뻔뻔하게도 자신이 찌른 카시오의 다리를 가리키며 말했어요.

"범인이 누구인지 아시겠소?"

로도비코가 카시오에게 물었지만 카시오는 고개를 저었어요. 카시오는 피를 많이 흘린 탓에 정신이 가물가물한 것 같았어요. 이아고는 자신이 찌른 로데리고를 힐끔 살피고는 말했어요.

"불을 이리 좀 대 주십시오. 이놈 얼굴을 확인해 봐야지요."

로도비코가 횃불을 비추자 로데리고의 얼굴이 드러났어요. 이아고는 천연덕스럽게 연기를 하며 말했어요.

"아니, 이 사람은 로데리고! 여기 살해당한 사람은 내 고향 분입니다."

그때, 비앙카가 시끄러운 소란에 구경을 나왔다가 카시오를 발견하고 놀라 달려왔어요.

"오! 내 사랑, 카시오! 이게 어떻게 된 일이에요? 아닌 밤중에

「오셀로」는 단순한 질투극일까?

「오셀로」를 흔히 질투극이라고 하지만, 이 점을 지나치게 강조하면 작품을 제대로 이해할 수 없어요. 오히려 셰익스피어는 인간 내면에 도사리고 있는 질투나 욕망 등을 소재로 인간이 어떠한 존재인가를 말하고자 했어요. 어떤 평론가는 「오셀로」에서 보듯 이아고라는 악에게 쉽게 무너질 만큼 인간은 나약한 존재라고 말하기도 하고 또 어떤 평론가는 오셀로가 데스데모나를 살해하는 데는 질투의 감정이 깔려 있긴 하지만 반면에 사랑과 믿음 같은 인간적·도덕적 가치에 대한 확고한 믿음이 비극을 초래했다고 말해요. 즉, 나약함 때문이 아니라 인간은 자신이 믿고자 하는 신념 때문에 비극을 불러온다는 것이지요. 여러분은 오셀로를 통해 무엇을 느꼈나요?

칼을 맞다니!"

그러나 이아고는 카시오에게서 그녀를 떼어 놓고는 얼음장처럼 차가운 목소리로 말했어요.

"감히 어디다 손을 대는 거야? 비앙카, 난 아무래도 당신이 의심스러워."

"뭐라고요?"

비앙카가 어이없어 하자 이아고는 옳다구나, 하고 달려들어 말했어요.

"자세히 보십시오, 이 여자의 얼굴을. 저는 최근에 이 여자가 카시오 님과 다투는 것을 목격했습니다. 어찌나 요란을 떨어 대던지 그 못된 성품을 짐작하고도 남을 정도였지요. 우선은 카시오 님을 안으로 모셔야겠습니다."

이아고가 비앙카를 가리키며 주위 사람들에게 떠들어 대자 비앙카는 기가 막혀 아무 말도 하지 못했어요. 한편 로도비코가 카시오와 로데리고를 병원으로 옮기는 사이, 에밀리아가 두리번거리며 나타났어요.

"아니, 여보! 도대체 이 밤중에 무슨 일이 일어난 거예요?"

"로데리고가 죽었어. 카시오 부관을 암살하려다 일이 잘못된 거야."

주세페 사바텔리, 〈오셀로와 데스데모나〉

이아고의 말에 그녀는 겁을 먹고 덜덜 떨기 시작했어요.

"걱정할 것 없어. 모든 것은 비앙카, 바로 저 여자의 잘못이니까. 당신은 성에 가서 장군과 부인께 사건을 보고해."

에밀리아가 놀라 이 일을 보고하기 위해 성 안으로 뛰어가자 이아고는 앞으로의 일을 다시 궁리했어요.

'드디어 내 계획을 마무리할 때가 왔구나. 이제 남은 것은 완벽하게 출세하느냐, 파멸하느냐, 둘 중 하나로군.'

늦은 밤, 오셀로는 발소리를 죽이며 데스데모나가 자고 있는 침실로 들어갔어요.

"오셀로 님?"

남편의 기척에 데스데모나가 깨어났어요.

"데스데모나, 오늘 저녁 기도는 드렸소? 난 마음의 준비가 되지 않은 사람은 죽이고 싶지 않소."

"절 죽이신다고요?"

데스데모나는 너무 놀라 벌떡 일어났어요. 오셀로는 겁에 질린 데스데모나의 눈동자를 보며 고통스럽게 대답했어요.

"그렇소. 내가 당신에게 준 손수건을 왜 카시오에게 주었소?

그 물건이 우리에게 얼마나 소중한 것인지 알면서 말이오."

데스데모나는 손수건 이야기가 나오자 어리둥절했어요.

"그건 사실이 아니에요. 제 영혼을 걸고 맹세할 수 있어요. 믿지 못하시겠다면 그분을 불러다 직접 확인해 보세요."

"그렇다면 왜 그자가 손수건을 갖고 있지?"

"만약 그 사람이 제 손수건을 가지고 있다면 어디서 주운 거겠죠."

오셀로는 코웃음을 쳤어요.

"벌써 그자는 모든 걸 고백했소."

"저와 부정한 짓을 했다고요? 말도 안 돼요."

"또한 그는 이미 충성스런 이아고의 손에 처형당했지."

"그분을 죽였군요! 아아, 당신은 정말 미쳤어요."

데스데모나는 몸서리를 쳤어요. 그 모습을 보자 오셀로의 분노가 폭발했어요.

"내 눈앞에서 그놈 때문에 슬퍼하다니! 당장 죽여 버리겠어!"

데스데모나는 급히 구석으로 몸을 피해 애원했지만 이미 이성을 잃은 오셀로의 귀에는 아무 소리도 들리지 않았어요. 그는 있는 힘껏 그녀의 목을 졸랐어요. 고통으로 일그러진 데스데모나의 얼굴은 점점 새하얗게 변해 갔어요.

그때 에밀리아의 다급한 외침이 들려왔어요.

"급히 드릴 말씀이 있습니다. 문을 열어 주세요."

그제야 정신이 돌아온 오셀로는 데스데모나의 상태를 살폈어요. 하지만 그녀는 이미 세상을 떠난 듯 보였어요. 오셀로는 아내가 죽었다고 생각하고 아내의 목을 조르던 손을 풀었어요. 이제 아름다운 데스데모나가 이 세상 사람이 아니라는 사실이 견딜 수 없이 괴로웠어요. 그러나 오셀로가 슬퍼할 새도 없이 밖에서는 에밀리아가 계속 재촉하며 문을 두드렸어요. 그는 침대 위에 데스데모나를 눕히고 문을 열어 주었어요.

"무슨 일이냐."

"밖에서 살인 사건이 일어났습니다. 카시오 님이 베니스의 귀족인 로데리고를 죽였답니다."

에밀리아는 숨이 차서 헉헉댔어요. 에밀리아의 말에 오셀로는 불안함을 느끼고 물었어요.

"로데리고가 죽었다고? 그럼 카시오는?"

"다행히 죽지 않았다고 합니다."

복수가 실패했다는 소식을 듣자 오셀로는 그만 맥이 풀려 버렸어요. 그때 침대 위에서 부스럭거리는 소리가 들려왔어요.

"아, 난 잘못이 없어. 억울해."

그것은 바로 가냘픈 데스데모나의 목소리였어요. 놀란 에밀리아가 얼른 침대 쪽으로 달려가 그녀를 흔들었어요.

"세상에나! 착하신 마님께 어떻게 이런 일이!"

아직 숨이 끊어지지 않은 데스데모나는 간신히 말을 이었어요.

"에밀리아. 자네는 알겠지, 내가 결백하다는 것을."

"도대체 누가 이런 흉악한 짓을 했나요!"

"누가 했는지가 무슨 소용이겠어. 부디 내가 사랑했던 장군님께 작별 인사를 전해 줘요. 안녕."

데스데모나는 에밀리아의 품에

이아고의 부인 에밀리아는 공범자일까? 피해자일까?

엄밀히 말하면 이아고의 부인 에밀리아는 데스데모나의 손수건을 훔치지 않았어요. 그녀는 데스데모나가 떨어뜨린 손수건을 남편 이아고에게 가져다 준 것뿐이지요. 하지만 에밀리아가 무조건 무죄라고 할 수 있을까요? 우리나라의 형법상 에밀리아의 죄의 여부는 그녀가 이아고의 범죄에 대해 얼마나 알고 있었나에 따라 달라져요. 이아고가 범죄를 저지를 것을 알고 있었는데도 손수건을 주었다면 유죄이고, 몰랐다면 무죄예요. 그런데 작품 속에서는 에밀리아가 이아고의 속내를 알았는지 몰랐는지 애매하게 그려져 있어요. 사실 에밀리아는 이아고가 데스데모나의 손수건을 원한다는 것을 이상하게 여겼으면서도 깊이 생각하지 않았어요. 결국 에밀리아가 조금만 더 현명하게 생각했다면 데스데모나의 죽음을 막을 수 있었을 거예요. 후에 에밀리아는 데스데모나의 무죄를 주장하지만 이미 엎질러진 물이었어요.

작가 미상, 오셀로 역할의
존 메컬러프를 모델로 그린 작품

안긴 채 숨을 거두었어요. 오셀로는 두려움에 가득 찬 눈으로 소리쳤어요.

"그래, 내가 아내를 죽였어! 하지만 저 여잔 거짓말쟁이야. 그러니 지옥으로 떨어지겠지."

"마님은 천사셨어요, 당신은 흉악한 악마고요!"

에밀리아는 울부짖었어요.

"저 여잔 부정한 짓을 했어. 모르고 있었다면 당신 남편인 이아고에게 물어봐."

"제 남편이 그랬다고요? 하, 당신은 천하의 악당에게 속아 넘어간 얼간이에요. 이 세상에 마님처럼 정숙한 여인은 없었어요. 부인이 얼마나 당신을 사랑한 줄 아세요?"

에밀리아는 계속해서 오셀로에게 저주의 말을 퍼부었어요.

"이아고의 간교한 꾐에 넘어가 아내를 죽이다니. 당신이 한 짓을 온 세상에 알리고 말 테다! 여기 이 멍청한 자가 사람을 죽였다고 말이야!"

에밀리아는 마구 소리를 지르기 시작했어요. 그 소리에 몬타노와 로도비코, 이아고를 비롯한 사람들이 방으로 뛰어 들어왔어요.

"무슨 일이냐!"

몬타노가 오셀로와 에밀리아를 번갈아 보며 물었어요. 에밀리아는 이아고를 발견하고 소리쳤어요.

"당신이 여기 이 악마에게 거짓말을 했지, 마님이 카시오와 몰래 사랑을 나누고 있다고!"

"조용히 하지 못해! 근거가 있는 사실만 말씀드렸을 뿐이야."

이아고는 도리어 호통을 쳤어요.

"이 저주받을 인간! 조용히 하라고? 네 끔찍한 속임수 때문에 마님이 살해당했는데?"

순간, 방 안에 있던 모든 사람들은 큰 충격을 받아 할 말을 잃었어요.

"오, 가엾은 데스데모나!"

로도비코가 데스데모나의 시신을 끌어안고 슬퍼했어요. 그러나 오셀로는 아직도 아내를 믿지 못하고 자신의 살인을 정당화하기에 바빴어요.

"데스데모나는 제 부관인 카시오와 부정을 저질렀습니다.

알렉산드로 마리 꼴렝, 〈데스데모나의 죽음과 오셀로〉

제가 사랑의 표시로 준 손수건까지 그자에게 주었다고요."

"그 손수건은 마님이 실수로 잃어버렸을 때, 제가 주워서 이아고에게 준 거예요!"

마침내 에밀리아가 진실을 털어놓자 이아고는 당황해서 에밀리아에게 빽 소리를 질렀어요.

"당신은 입 닥치지 못해?"

그제야 오셀로는 자신이 이아고에게 속았다는 사실을 알게 되었어요.

"뭐라고? 이아고, 내 너를 믿었는데! 이 간악한 놈!"

자신의 엄청난 실수를 깨달은 오셀로는 칼을 빼들고 절규하며 이아고에게 달려들었어요. 그러나 이아고는 눈 깜짝할 사이에 밖으로 도망가 버렸어요. 몬타노는 이아고의 뒤를 쫓으며 말했어요.

"지금부터 아무도 빠져나가지 못하도록 문을 지키시오. 나는 저 천하에 둘도 없는 악당 놈을 쫓겠소."

깊은 절망에 빠진 오셀로는 데스데모나의 시신을 끌어안고 목메어 울었어요.

"아, 불쌍한 데스데모나. 바보 같은 내가 당신을 오해하고 죽음에 이르게 하였구려. 이제와 후회해도 어쩔 수가 없으니……. 나를 용서하지 마시오."

잠시 후, 로도비코와 몬타노가 다리를 치료한 카시오와 함께 체포된 이아고를 앞세워 방으로 들어섰어요.

"이 작자는 자신의 죄를 일부 자백했소이다. 오셀로, 정말 당신처럼 훌륭한 장군이 이런 극악무도한 놈과 범죄를 공모했소?"

"그렇소이다."

오셀로가 고개를 떨어뜨렸어요. 슬퍼하는 오셀로의 앞에서

오셀로는 사랑하는 데스데모나를 왜 죽이기까지 한 것일까?

데스데모나의 죽음은 이분법적 사고가 얼마나 크나큰 비극을 불러올 수 있는지 그 위험성을 잘 나타내 주고 있어요. 이 작품에서 오셀로는 이분법적인 세계만을 가지고 있어요. 마치 검은색과 흰색만 존재하고 회색은 존재하지 않는 것처럼 생각했어요. 특히 오셀로의 직업은 장군으로, 군대에서는 옳고 그름을 명확하게 구분해야 했어요. 즉, 오셀로는 '승리'와 '패배'만이 존재하는 전쟁처럼 '사랑'과 '증오', '순수한 아내'와 '타락한 아내'라는 이분법적 논리만 가졌던 거예요. 그렇기 때문에 데스데모나에게 배신당했다고 생각했던 오셀로는 그녀를 죽이는 극단적인 생각밖에 할 수 없었던 것이지요.

로도비코가 말했어요.

"로데리고를 죽인 것도 바로 저놈이더군. 실은 카시오와 함께 병원으로 옮겼을 때, 아직 숨이 끊어지지 않은 상태였거든. 로데리고가 죽기 직전, 자신을 찌른 것은 이아고라고 말해 주더군."

이아고는 모든 것을 포기한 듯 입을 다물고 있었어요. 오셀로는 아내를 믿지 못하고 속아 넘어간 자신이 너무나 원망스러웠어요. 오셀로는 한숨을 내쉬며 말했어요.

"알고 있소. 저 짐승 같은 놈에게 속아서 그만……."

로도비코는 오셀로를 잡아끌며 말했어요.

"오셀로 장군, 당신은 이번 사건으로 장군직을 박탈당하고 재판을 받게 될 것이오. 또한 이아고는 이 세상에서 가장 끔찍한 고문을 받고 처형될 것이오. 그리고 오셀로 장군, 당신도 우리와 함께 가 줘야겠소."

그러나 오셀로는 바위처럼 꼼짝도 하지 않고 말했어요.

"마지막으로 부탁이 있소. 이 사건을 베니스에 보고할 때 있었던 사실 그대로 보고해 주시오. 내 비록 질투에 눈이 멀어 끔찍한 짓을 저질렀지만 진정으로 아내를 사랑했소."

그 말을 마치고 오셀로는 로도비코가 들고 있던 칼을 빼앗아 제 몸 깊숙이 찔렀어요. 모여 있던 사람들이 소스라치게 놀라 말리려 했지만 이미 오셀로는 깊은 상처를 입은 뒤였어요.

"이 방법밖에 없소. 나 스스로 목숨을 끊는 수밖에……."

오셀로는 사람들을 밀치고 비틀비틀 침대 쪽으로 걸어갔어요. 그리고 죽은 데스데모나의 입술에 긴 입맞춤을 했어요.

"차마 눈 뜨고는 볼 수 없는 처절한 비극이로구나."

로도비코와 사람들은 나란히 누워 숨을 거둔 오셀로와 데스데모나를 보며 통곡했어요.

백만 엄마들의 가슴을 뛰게 만든 바로 그 책,
<공부가 되는> 시리즈

- 재미와 호기심을 충족시키며 교과 연계 학습까지 되는 **기초 교양 학습서**
- 연이은 백만 엄마들의 뜨거운 호평, **출간 즉시 베스트셀러 도서**
- 통섭과 융합형 교과서로 **하버드 대학 교수가 추천한 도서**

공부가 되는 세계 명화
글공작소 글 | 18,000원

공부가 되는 한국 명화
글공작소 글 | 18,000원

공부가 되는 식물도감
글공작소 엮음 | 37,000원

공부가 되는 그리스로마 신화
글공작소 글 | 12,000원

공부가 되는 별자리 이야기
글공작소 글 | 12,000원

공부가 되는 탈무드 이야기
글공작소 엮음 | 12,000원

공부가 되는 삼국지
나관중 원작 · 장은경 그림 | 12,000원

공부가 되는 유럽 이야기
글공작소 글 | 14,000원

공부가 되는 조선왕조실록 1,2(전2권)
글공작소 글 | 김정미 감수 | 각 13,000원

공부가 되는 저절로 영단어
다니엘 리 글 | 14,000원

공부가 되는 우리문화유산
글공작소 글 | 14,000원

공부가 되는 저절로 고사성어
글공작소 글 | 15,000원

〈공부가 되는〉 시리즈는 계속 출간됩니다.

공부가 되는 한국대표고전 1, 2(전2권)
글공작소 글 | 각 13,000원

공부가 되는 셰익스피어 4대 비극·5대 희극(전2권)
윌리엄 셰익스피어 원작 | 글공작소 엮음 | 각 14,000원

공부가 되는 논어 이야기
공자 지음 | 글공작소 엮음 | 14,000원

공부가 되는 경제 이야기 1,2(전2권)
글공작소 글 | 각 13,000원

공부가 되는 한국대표단편 1, 2, 3(전3권)
박완서 외 지음 | 글공작소 엮음 | 각 13,000원

공부가 되는 로빈슨 과학 탈출기
대니얼 디포 원작 | 글공작소 엮음 | 13,000원

공부가 되는 과학 백과 우주 지구 인체(전3권)
글공작소 글 | 각 13,000원

공부가 되는 일등 멘토의 명연설
글공작소 엮음 | 13,000원

공부가 되는 가치 사전
글공작소 엮음 | 13,000원

공부가 되는 톨스토이 단편선
레프 톨스토이 원작 | 글공작소 엮음 | 13,000원

공부가 되는 이솝 우화
이솝 원작 | 글공작소 엮음 | 13,000원

공부가 되는 창의력 백과
글공작소 글 | 14,000원

공부가 되는 재미있는 어휘사전
글공작소 글 | 14,000원

공부가 되는 삼국유사
일연 원작 | 글공작소 엮음 | 14,000원

공부가 되는 삼국사기
김부식 원작 | 글공작소 엮음 | 14,000원

공부가 되는 재미있는 한국사1
글공작소 글 | 14,000원